Viola Ostmann

Die offene Tür

Kriminalroman

Bibliografische Information der Deutschen Nationalbibliothek:
Die Deutsche Nationalbibliothek verzeichnet diese
Publikation in der Deutschen Nationalbibliografie; de-
taillierte bibliografische Daten sind im Internet über
http://dnb.dnb.de abrufbar.

Illustration: **Viola Ostmann**

Herstellung und Verlag: BoD – Books on Demand,
Norderstedt

ISBN: 978-3-7386-0462-7

Eva hatte sich den letzten Rest ihres neuen Lieblingsweissweines vom Supermarkt eingeschenkt und balancierte ihr Glas und ihren Tablet - PC nach draussen auf ihre grosse Balkonterrasse. Leicht beschwipst, sei es vom Wein oder auch vom heutigen Tag, lümmelte sie sich wenig elegant, dafür umso bequemer, in ihren Aluminiumgartenstuhl und liess die frisch von der Maisonne gebräunten Beine über die Armlehne baumeln. Ihre Blicke schweiften über die sie rings umgebenden herrlich grünen Hügelketten, das weite Tal und dabei zog noch einmal der heutige Tag an ihr vorüber.

Sie hatte sich mit drei ihrer ehemaligen Mitschülerinnen, mit denen sie teilweise sogar freundschaftlichen Kontakt hielt, heute wieder an der Bildungs-Akademie in Meiningen, kurz „BAM" genannt, getroffen. Zuerst hatten sie auf ihre Lieblingsdozentin Silvia Rieger gewartet und dann mit ihr Kaffee getrunken und geplaudert.

Danach hatten sich die vier Frauen noch beim Chinesen nebenan ein leichtes Essen gegönnt und stundenlang angeregt gequatscht und gekichert. Das allein hätte Eva's Laune schon gehoben, aber der Hauptgrund ihrer Hochstimmung war, dass sie Thomas Feldmann heute wiedergesehen hatte und vor allem die Äußerungen, die Frau Rieger so vom Stapel gelassen hatte.

Es war das erste Mal, dass Eva Thomas live gesehen hatte nach seiner aus ihrer Sicht vollkommen surrealen, scheinbar hinter dritten versteckten und vor allem ziemlich unglaubwürdigen Zurückweisung ihr gegenüber, und wie zu ihrer BAM-Zeit war es auch heute wieder sehr offensichtlich in seinem Gesicht geschrieben gewesen, wie verliebt er in sie war.

Sie verabschiedeten sich nämlich gerade fröhlich winkend und enthusiastisch von Frau Rieger, die zurück in ihren Unterricht musste, als Thomas Feldmann, seines Zeichens Standort - Leiter der BAM, mit einem Geschäftspartner plaudernd aus dem Haupteingang trat.

In dem Moment, als er registrierte, dass es Eva war, die mit ihrer Gruppe auf dem Parkplatz Frau Rieger verabschiedete, stockte ihm buchstäblich der Fuss, er zögerte zuerst, weiterzugehen. Auch aus über zehn Meter Entfernung konnte Eva sehen, dass Thomas's Mund halboffen stehen blieb und er kurz aufhörte zu reden. Die Röte stieg ihm ins Gesicht, als sich ihrer beider Augen trafen. Eva allerdings ging es nicht anders, und sie wäre am liebsten auf ihn zu gelaufen und hätte ihn geküsst.
Dann hatte Thomas sich jedoch wieder im Griff und lief weiter mit seinem Kollegen an der Glasfront des Bürogebäudes entlang. Seine völlig überraschte Reaktion erfüllte Eva mit einer gewissen Schadenfreude, es geschah ihm ganz recht, so unvorbereitet auf ihren Anblick zu treffen, dachte sie.
Eva und ihre Freundinnen brachen nun zum nahegelegenen Chinesen auf und trabten parallel zu den Männern auf der anderen Seite des Parkplatzes auf dem Bürgersteig entlang, wobei es nicht ausblieb, dass Thomas und Eva verstohlen zueinander hinüber schielten. Auch als Thomas mit seinem Kollegen anderthalb Stunden später wieder vom ihrem Mittagessen zurückkehrte, nahm Eva,

die sich gerade wieder auf ihren Platz draussen auf der Restaurantterrasse setzen wollte, wahr, dass Thomas einige Sekunden zu ihr herüber schaute. „Wie in alten Zeiten..." dachte sie lächelnd und schaute sehnsüchtig seiner grossen sportlichen Figur nach, bis er um die Ecke verschwunden war.

Eva nippte weiter an ihrem erfrischend kühlen Sauvignon Blanc und vertiefte sich gedanklich wieder in den Nachmittag. Frau Rieger hatte nämlich einige Äußerungen gemacht, die Eva's Herzschlag deutlich beschleunigten. Den Wortlaut bekam sie gar nicht richtig zusammen - sie war wohl zu abgelenkt gewesen vor lauter Gedanken an Thomas. Helga jedoch, eine ihrer Freundinnen aus der Zeit an der BAM, die auch um ihre Gefühle wusste, hatte noch genauer zugehört und sie eben noch mal per Whats-App mit der Nase darauf gestossen, weil Eva ihrer Wahrnehmung nicht richtig trauen wollte.
Silvia Rieger hatte, als das Gespräch auf Männer, Verehrer und Evas zurückliegende Trennung kam, eine Andeutung nach der anderen gemacht, die verdeutlichten, dass sie von Eva's zwei Briefen an Thomas nach ihrer BAM-Zeit und damit auch von ihren Gefühlen für ihn wusste, was Eva aber nicht störte, dafür mochte sie Frau Rieger zu gerne. Die beiden Briefe hatten leider damals einen ungeplanten Umweg durch die Hände der indiskreten Sekretärin Elvira Brockhaus gemacht, die das ganze Thema überall verbreitet und damit auch Thomas abweisende Reaktion mit provoziert hatte.

Was Eva jedoch wie ein kleiner, aber süßer Hammer ein wenig erschlagen hatte, war Silvia's Aussage, ohne dabei Namen zu nennen, jedoch unmissverständlich, dass Thomas Feldmann Eva's Verehrer sei...

Eva's Hoffnungen auf eine Zukunft mit Thomas schwankten ständig, denn obwohl es offensichtlich war, dass sie sich in einander verliebt hatten, fehlte von Thomas's Seite immer noch der letzte Schritt zu Eva. Seine Position als Leiter der BAM war zunächst das eine Hindernis gewesen, und seine wohl kalte Ehe und vor allem mit Sicherheit Überlegungen wegen seiner zwei süssen Töchter, hatten ihn bisher davon abgehalten, Eva endlich in seine Arme zu ziehen. Eva verstand ihn besser als er wahrscheinlich ahnte, denn ihre eigene Trennung war ja noch nicht so lange her, auch wenn sie zu ihrem Leidwesen keine Kinder hatte. Sie vermisste ihn oft furchtbar und versuchte die allgegenwärtigen Gedanken an Thomas wegzuschieben, doch an diesem Abend erlaubte sie sich die süssesten Träume und Hoffnungen seit langem...

Müde und ausgelaugt betrat Thomas Feldmann sein Büro und liess sich auf seinen Drehstuhl fallen. Er drehte sich langsam herum und sah aus der Glasfront hinaus auf den Parkplatz. Genüsslich streckte er dabei seine langen Beine aus und dehnte gähnend seinen verspannten Körper. Es war ein langer Tag gewesen, und seine Seminarteilnehmer waren ihm heute ziemlich unwillig vorgekommen, was natürlich an der schwülen Hitze draussen gelegen haben konnte. Möglicherweise lag das aber auch an seiner eigenen Wahrnehmung, denn seit seiner Mittagspause konnte er sich nicht mehr so recht auf seinen Vortrag konzentrieren. Als Eva heute mittag so unvermutet auf dem Parkplatz gestanden und fröhlich Silvia zugewinkt hatte, hatte sein Herz für einen Augenblick ausgesetzt.

„Dass Eva aber auch ausgerechnet heute hier aufkreuzen musste..." murmelte Thomas vor sich hin. Wobei sie eigentlich auch an jedem beliebigen anderen Tag hätte auftauchen und ihn aus der Bahn werfen können, er dachte ohnehin jeden Tag an sie, und sein schlechtes Gewissen stach ihn dabei jedes mal wie eine Distel. Er wusste, dass er ihr ziemlich wehgetan hatte, obwohl das eigentlich das letzte gewesen war, was er wollte.
Ihre zwei herzlichen Briefe und das Bild mit den intensiven warmen Farben, das sie ihm gemalt hatte, berührten sein Herz jedes mal aufs tiefste, wenn er sie zur Hand nahm - und das kam häufig vor... Bis heute hatte er es nicht über sich gebracht, es ihr wie versprochen zurückzuschicken. Und doch hatte er mit harten, abweisenden

Worten jegliches private Interesse an ihr geleugnet... Eigentlich stimmte das sogar fast, denn es war tatsächlich weit mehr als privates Interesse, wenn er ehrlich zu sich selbst war.

„Wieso schickt sie die Briefe aber auch einfach an die BAM... war doch klar dass das Sekretariat sie öffnet!" sinnierte er zum hundertsten Mal. „Wenn sie nur wüsste was hier los war deswegen...!"
Thomas schüttelte sich, als er daran dachte, wie Elvira Brockhaus ihm mit blitzenden Augen und irgendwie fast hämisch wirkendem Lächeln den ersten und später den zweiten Brief geöffnet auf den Schreibtisch legte. Sie war unbestritten eine sehr gute und zuverlässige Sekretärin, sie hatte aber auch eine ziemlich scharfe Zunge und mischte sich gerne ein, und so hatte sie natürlich beide Briefe geöffnet, gelesen und den Inhalt in der gesamten BAM verbreitet bis hin zum Geschäftsführer.
Es hatte Thomas absolut in Panik versetzt, dass der Eindruck entstanden war, er hätte seine Position als Leiter für eine Liebschaft benutzt, er war immerhin erst ein gutes Jahr Leiter.
Er hatte Elvira zwar klipp und klar gesagt, was er von ihrer Tratscherei hielt, aber der Schaden war da von ihr ja schon angerichtet. Irgendwie hatte er in seiner Panik keinen anderen Ausweg gesehen, als alles abzuleugnen, und demonstrativ einen entsprechenden Brief bzw. eine Mail verfasst, welche hier ja auch öffentlich zugänglich für das Sekretariat waren, und an Eva gesendet. So langsam hatten sich dann die Wogen diesbezüglich in der BAM

wieder geglättet, aber stolz war er wahrlich nicht auf sein Verhalten.

Er erhob sich von seinem Drehstuhl und verstaute langsam seinen Laptop in seiner grünkarierten Tasche, während seine Gedanken weiter schweiften. Er hätte Eva ja eigentlich trotzdem heimlich irgendeine SMS oder Email schicken können, ohne dass es jemand hier oder zuhause mitbekam. Einerseits verstand er sich selber nicht, warum er das nicht gleich getan hatte. Oder er hätte sie anrufen können... aber andererseits, wenn sie erst mal gemailt und geredet hätten, wäre es nicht ausgeblieben dass sie sich auch gesehen hätten... Und Thomas wusste genau, dass er sich der starken Anziehung zwischen ihnen beiden einfach nicht aussetzen wollte und konnte, diesen Stein solange noch nicht ins Rollen bringen konnte, bis er sich dazu durchgerungen hatte, klare Verhältnisse in seiner jetzigen Familie zu schaffen. Es widersprach seinen Vorstellungen von Treue und Moral komplett, wenn er nicht mit offenen Karten spielen und sich zuvor trennen würde. Sich jedoch solchen Umwälzungen zu stellen, hatte er bisher vermieden, immerhin hatte er ja auch einiges zu verlieren...

Im Grunde genommen war ihm zwar schon klar, dass Eva ihn auf so vielen Ebenen so intensiv berührt hatte wie noch niemand, und die Konsequenz daraus war für ihn, dass er all diese Ebenen, und damit letztlich sein Leben, mit ihr teilen wollte.

„Ihr schien es ja schon ähnlich zu gehen, wenn man ihre Worte in den Briefen so bedenkt. Und wie wir uns immer angesehen haben..." seufzte er mit einem süßen, wehmütigen Lächeln. Aber die Realität war immer noch, dass er stattdessen jeden Abend zu seiner Doppelhaushälfte zurückfuhr. Wenn er an die pragmatische, oft fordernde Art der Frau dachte, mit der er seit über 9 Jahren verheiratet war, fröstelte ihn immer ein wenig. Früher hatte sie durch ihre kleine zierliche Figur und ihr etwas schüchternes Wesen seine Beschützerinstinkte geweckt und auch ihr zuverlässiger, stabiler Charakter hatten ihn angezogen, und eigentlich mochte er das auch heute noch an ihr. Sie hatten geheiratet und eine Familie gegründet, und ihre Kinder aufwachsen zu sehen, bedeutete für beide Freude und Erfüllung.

Darüber war ihm aber entgangen, dass er sich dazu auch echte Berührung, intensive Herzenswärme, Begeisterungsfähigkeit und Leidenschaft, sowie einfach mal schlichtes Angenommen sein ohne ständige Forderungen wünschte. Doch bei ihr fand er all das nicht, noch empfand er es für sie. Das echteste und beste an ihrer Beziehung waren ihre beiden Töchter, dachte Thomas, und der Gedanke daran, mit ihnen heute Abend zu schmusen und sie ins Bett zu bringen, durchwärmte sein Herz.
Gleichwohl fürchtete er sich auch beinahe ein wenig vor deren fragenden Kinderaugen, denn obwohl sie nichts von der Situation ihrer Eltern wussten, schienen sie doch instinktiv zu spüren, dass Vater und Mutter ihnen etwas vorspielten, das nicht existierte. Sie schauten beide oft unsicher und verstohlen zwischen ihren Eltern hin und her, als fragten sie sich, wieso ihnen Mama oder Papa nicht einfach erzählten, was los mit ihnen war.

Thomas's Lippen verzogen sich zu einem ironischen Lächeln, als er daran dachte, dass Elvira's privater Rededrang, denn sie war ja mit seiner Frau auch bekannt, es ihm wenigstens abgenommen hatte, selbst zu Hause über die Briefe Evas zu berichten. Seine damit endgültig offenbar gewordenen Gefühle für Eva schien seine Frau jedenfalls schon viel länger geahnt zu haben, denn sie reagierte nicht sehr überrascht auf Elvira's eifrig anklagenden Bericht. Ob es ihr tatsächlich so gleichgültig und sie sich seiner - in Wirklichkeit immer mehr bröckelnden - Loyalität dem heilen Familienbild gegenüber wirklich so sicher war, vermochte er nicht einzuschätzen. Wie wenig sie sich doch eigentlich kannten...

Thomas packte die lose herumliegenden Akten abwesend auf den nächstbesten Stapel und schloss den Reissverschluss seiner Schultertasche. Er knipste seine Schreibtischlampe aus und während er langsam aus seinem Büro schlenderte, dachte er daran, wie Eva und er sich zum ersten Mal begegnet waren.
Mit einem Schmunzeln erinnerte er sich an das Eignungsgespräch mit ihr an der BAM, an ihre gleichzeitig lustigen und intelligenten Wortgefechte und wie sie entdeckt hatten, dass ihre Interessen nahezu dieselben waren. Sie hatten beide drauflos geredet, als wenn sie sich schon ewig kennen würden und genauso hatte es sich auch angefühlt. Eva's Augen hatten vor Lebensfreude gefunkelt, doch er hatte tiefer hineingesehen und durch ihre vertrauensvollen Worte bestätigt gefunden, dass hinter

ihrer intensiven Lebendigkeit auch der ein oder andere Kummer und Schmerz verborgen war.

„Ach Eva, warum muss nur alles so kompliziert sein mit uns..." flüsterte er vor sich hin und durchquerte das schwach erleuchtete Foyer, um seine Kaffeetasse in die Spülmaschine zu bringen.

„Na Thomas, führst du wieder Selbstgespräche?" klang es aus der Küche. Thomas schreckte aus seinen Erinnerungen auf und sah hinab in Silvia Riegers freundliches Gesicht. Er grinste zurück und erwiderte:

„Tja ja, du hast mich ertappt. War aber auch echt ein langer, nerviger Tag heute!"

„Mm, bei mir auch. Aber der Besuch von heute Mittag war doch eine schöne Überraschung, findest du nicht?" zwinkerte Silvia und Thomas wurde zum zweiten Mal an diesem Tag rot im Gesicht.

„Mich hat's ganz schon umgehauen in dem Moment... ach Silvia, ich weiß einfach nicht, wie ich mit all dem umgehen soll..."

„Doch, Thomas, im Grunde weisst du's schon, und du weisst auch längst, was du eigentlich willst. Ein Blinder mit 'nem Krückstock sieht doch, dass ihr euch ernsthaft ineinander verliebt habt. Was muss die Frau denn noch für Handstände machen, damit du endlich den Mut findest, dein Familienchaos zu klären? Ich will dich ja nicht nerven, aber du tust niemandem einen Gefallen damit, auch nicht deinen Kindern, wenn du nicht endlich mal offen und ehrlich zu deinen Gefühlen stehst!"

„Ich weiss ja. Ich weiss. Du hast so was von recht. Aber es ist auch nicht so leicht, wie du denkst. Alles auf den Kopf stellen und verändern, was jahrelang einfach da war und normal für mich war. Das geht bei mir nicht so schnell."

„Das versteh' ich doch. Wollte dir ja auch nicht reinreden. Aber ich mag dich halt sehr und Eva auch, deswegen gefällt mir wohl die Vorstellung, euch glücklich verliebt in den Armen liegend zu sehen, wirklich ungemein..."

„Mir auch, das kannst du mir glauben! Aber ich muss jetzt langsam mal los, hab der Grossen versprochen, mit ihr Mensch ärgere dich nicht zu spielen heute Abend. Soll ich dich mit zum Bahnhof nehmen?"

„Danke Thomas, aber ich muss noch ein paar Klausuren korrigieren, der Kurs liegt mir damit schon seit Wochen in den Ohren. Ich nehme einfach den nächsten Zug 'ne Stunde später."

„Okay, dann mach's mal gut, seh'n uns ja morgen. Komm gut heim!"

„Ja, du auch, Thomas, bis morgen!"

Thomas war froh, dass Silvia nie eine dumme Bemerkung über die Brief-Geschichte gemacht oder ihn gar verurteilt hatte. Ihre direkte kumpelhafte Art hatte es ihm leicht gemacht, über Eva mit ihr zu reden, zumal er ja wusste, dass Silvia Eva in ihrem Kurs gehabt hatte und sich gut mit ihr verstand.

Er warf einen Blick auf seine Armbanduhr und beschleunigte seine Schritte zum Ausgang, es war später geworden, als er beabsichtigt hatte. Im Sekretariat brannte noch Elvira's Lampe, die Tür stand offen und irgendwo huschte auch ihr Schatten durch den Raum. Thomas vermied seit der Geschichte mit Evas Briefen jeden unnötigen Kontakt mit Elvira, ihr indiskretes Verhalten hatte ihren vormals kameradschaftlichen Umgang auf ein rein dienstliches Auftreten abgekühlt. Also verliess er das Foyer ohne Gruß, wühlte in der Tasche nach seinem Autoschlüssel und trat mit einem tiefen Atemzug nach draussen in die milde Abendluft. Es duftete nach Sommer, Wärme und seine Gedanken wanderten langsam über die grünen Hügel zu Evas Wohnort. Ob sie wohl dort auch gerade an ihn dachte? Er konnte schon darauf hoffen, wenn er an das Aufleuchten in ihren blauen Augen heute mittag dachte...

Silvia hatte endlich auch die letzte Klausur fertig korrigiert und nahm müde aber zufrieden das Blatt mit der Notenliste in die Hand. Ihre jungenhaft kurz geschnittenen blonden Haare standen mittlerweile ein wenig kreuz und quer ab.

„Nicht so viele Einsen wie damals in Evas Kurs!" dachte sie, und nahm den Klausurenstapel und die Liste, um beides ins Sekretariat zu bringen, zum Abheften und zum Eingeben. Vielleicht war Elvira ja noch da, Licht brannte im Flur jedenfalls immer noch.

Diese sass in der Tat noch fleissig schreibend an ihrem Tisch und Silvia flachste fröhlich herum:

„Na Elvira, du hast wohl 'ne feuchte Wohnung, oder warum machst du noch keinen Feierabend?"

„Ach, es ist soviel liegengeblieben. Alles bleibt ja immer an mir hängen..."

„Na ja, meine Liebe, du hängst dich aber auch in so vieles mit rein!"

Elvira fuhr gereizt hoch, doch Silvia hängte noch an:

„Lass doch auch mal die anderen was machen oder lass es Thomas liegen, du musst ja jetzt nicht auch noch die Zeugnisse unterschreiben. Ist doch sein Job."

„Ach so, die Zeugnisse. Ich dachte schon, du spielst mal wieder auf die Briefe an von dieser blauäugigen Schülerin."

„Jetzt wo du's erwähnst... ich find's schon immer noch mies, dass du das alles so verbreitet hast, und mit der Meinung steh' ich im Kollegium nicht alleine da. Hast du eigentlich auch nur einen Moment lang daran gedacht, dass du damit nicht nur Eva Stark bloss gestellt hast, sondern dass du damit auch Thomas's Position beinahe gefährdet hättest? Ganz zu schweigen davon, dass die Gefühle der beiden ihre Privatsache sind."

„Phhhh..." machte Elvira, „Gefühle... die will den doch bloss ins Bett zerren. Thomas ist zu gut für so eine, und einer muss ihn ja vor sich selbst beschützen... und seine Familie. Sonst hätte ich doch nie die vertrauliche Post von ihm aufgemacht."

„Also du bist ja echt nicht mehr zu retten! Die Briefe waren auch noch vertraulich? Sei froh, dass Thomas das nicht weiss! Hast du schon mal was vom Briefgeheimnis gehört, dafür kann man gefeuert werden! "
Elvira wurde rot vor Ärger, zum einen weil ihr das mit der Post entfahren war, und vor allem weil Silvia sich hier so vor ihr aufspielte.

„Mensch Elvira, so überspannt kenn' ich dich gar nicht. Ich glaub' du solltest echt Feierabend machen, bevor du noch mehr Blödsinn redest. Die zwei haben nichts unmoralisches getan, nur sich ineinander verliebt. Man könnte ja fast meinen, du wärst eifersüchtig, so wie du dich aufführst.
Also, ich mach jetzt jedenfalls Feierabend. Hab dir eben noch die Notenliste fertig gemacht. Mach am besten jetzt auch Schluss, okay?"

„Mhhh, gleich. „ brummte Elvira eingeschnappt.
Silvia massierte sich mit beiden Händen die Schläfen.
„Sag mal, Elvira, hast du zufällig was gegen Kopfweh hier? Ich hab das Gefühl, mir platzt gleich der Schädel!"

„Hm, ja. Ich mach dir was zurecht, ich hab' so Ibu-profen-Brausetabletten da..." gab Elvira, augenscheinlich schon etwas versöhnlicher, zurück.

Später ging sie noch mit Silvia bis zur Tür, während diese ihre Jacke überstreifte und auf ihren dicken Rucksack zusteuerte, den sie auf einem der Sessel im Foyer zwischengelagert hatte.

Der Dozent Hartmut Gundlach betrat am nächsten Morgen mit geröteten Wangen und sehr guter Laune das Foyer der BAM. Elvira schien noch nicht da zu sein, aber er war auch extrem früh heute, er hatte das sonnige warme Wetter genutzt um einige Fotos von der herrlichen Morgensonnenstimmung über der Stadt zu machen. Er liebte es, zu so einer Zeit seinem Hobby nach zu gehen.

Er wollte das Foyer aufschliessen, doch zu seinem Erstaunen war das Schloss schon offen. Da war wohl jemand am Abend zuvor sehr nachlässig gewesen, dachte er, als er die Türe aufzog. Dann fiel sein Blick verwundert auf das Gepäck, das auf den Designersesseln lag. „Das sind doch Silvia's Sachen! Hat sie gestern wohl liegen gelassen!" murmelte er und zog ein wenig missbilligend seine Mundwinkel herab „Wieder mal typisch..." Er war schon rechts an den Sesseln vorbeigegangen, als er aus dem Augenwinkel die lang ausgestreckte kleine Gestalt auf dem Boden wahrnahm.

Mit aufgerissenen Augen blieb er so ruckartig stehen, dass ihm seine Brille fast heruntergefallen wäre. Er stürzte sich neben der Gestalt auf die Knie, berührte sie am Handgelenk und an der Stirn und fühlte, wie kalt die Haut war. Unter ihrem Kopf hatte sich eine kleine Blutlache gebildet, das kalkweisse Gesicht mit geschlossenen Augen lag halb abgewendet zu den Sesseln hin. Hartmut schaffte es irgendwie, sein Handy aus seiner Jackentasche zu fischen und tippte mit zitternden Fingern die Nummer der Notrufzentrale. Die leichenblasse Gestalt auf dem Boden war seine Kollegin Silvia.

Am gleichen Morgen, aber eine knappe Stunde später als Hartmut betrat Thomas die BAM und sah diesen mit hängenden Schultern und starr auf den Boden gerichteten Augen auf den Sesseln im Foyer sitzen.

„Wow, der ist aber heute echt schlecht drauf, das kennt man an dem gar nicht..." dachte Thomas.

„Na, was ist denn mit dir los? Schlecht geschlafen oder sind die Fotos nicht gelungen?" zog er seinen Mitarbeiter auf.

Hartmut sah jedoch mit einem derart starren und und geschockten leeren Blick vor sich hin, dass Thomas sofort sein fröhliches Lächeln gefror.

„Sie haben sie eben mitgenommen..."

„Wie? Was meinst du? Wen haben sie mitgenommen? Was ist denn los, dass du hier dermassen belämmert sitzt? Kann ich dir irgendwie helfen?"

„Thomas, sie haben Silvia mitgenommen. Ich hab sie vorhin gefunden."

„Silvia? Mann, ich versteh' nur Bahnhof. Gefunden?"

„Sie war schon ganz kalt. Sie lag da. Ich konnte nicht helfen. Und jetzt haben sie sie mitgenommen." brachte Hartmut die Worte heiser und stossweise hervor.

Thomas liess langsam seine Tasche zu Boden gleiten und sich auf den Sessel neben Hartmut fallen. Dieser sah endlich vom Boden auf und in Thomas's noch immer mit ungläubigem Entsetzen gefüllte Augen.

Allmählich drang in Thomas's Bewusstsein, was Hartmut in diese Schockstarre versetzt hatte und er spürte wie ein trostlos graues Gefühl in ihm hochstieg und seine Kehle sich zuschnürte. Er fühlte sich seltsam beraubt und schüttelte unwillkürlich den Kopf. Der Krankenwagen kam ihm in den Sinn, der ihm, kurz bevor er vorhin zur BAM einbog, an der Ampel die Vorfahrt nahm. Er hatte noch vor sich hin geschimpft, weil die beiden Fahrzeuge sich beinahe gestreift hatten. Und darin hatte Silvia gelegen...

„Thomas, gleich kommt die Polizei noch einmal. Zur Vernehmung. Sie denken, es war kein Unfall...“

„Hey, das kann doch alles nicht sein? Ich hab doch gestern Abend noch mit ihr in der Küche gestanden und geplaudert!! Sie kann doch nicht einfach tot sein!... Moment, was hast du gesagt? Die Polizei? Aber wieso denn?“

„Die Wunde am Kopf. Sie glauben es war Mord, Thomas. Ich versteh das nicht. Ich meine, Silvia? Wer sollte sie denn umbringen?“

Hartmut schluchzte es mehr, als dass er es aussprach, und Thomas schüttelte nur langsam mit dem Kopf.

Die beiden Männer versuchten verzweifelt, das Unfassliche hinunterzuschlucken und konnten doch nicht verhindern, dass ihnen das Wasser in die Augen stieg. Thomas zog mit einem schiefen Grinsen zwei Tempotaschentücher aus seiner Jeans, und so polierten sie gerade beide ihre Brillengläser, als Elvira Brockhaus mit schnellen Schritten das Foyer betrat, dicht gefolgt von zwei Polizeibeamten.

„Darf ich mich vorstellen? Mein Name ist Kommissar Hoffmann, und das ist Wachtmeister Pfeiffer. Wir möchten Ihnen allen gerne einige Fragen stellen. Gibt es hier einen Raum, wo wir ungestört reden können?" nahm der ältere der beiden Beamten sogleich das Gespräch auf. Seine kleinen grauen Augen blitzen, während er seine Blicke aufmerksam durch das Foyer schweifen liess, und seine ebenso grauen Haare und Bart waren kurz geschnitten und glatt gekämmt, er wirkte durchweg diszipliniert und durchorganisiert.

„Also, meine Haare sehen nie so ordentlich aus..." dachte Thomas und fuhr sich unwillkürlich durch seinen in der Tat meist ein wenig zerwühlten, dunklen Haarschopf, der an ein paar Stellen auch schon ein paar kleine graue Strähnen aufwies. „Komisch, dass mir so was unwichtiges ausgerechnet jetzt auffällt." Laut sagte er:

„Ja, natürlich, wir können den Besprechungsraum gegenüber der Küche benutzen. Kommen Sie bitte hier entlang."

„Und wer sind Sie, wenn ich fragen darf?"
„Ach so, ja, sorry. Ich hab mich gar nicht vorgestellt. Ich bin Thomas Feldmann, der Schulleiter, und hier ist mein Kollege, Herr Gundlach. Er hat Silvia Rieger gefunden, heute morgen. Aber das erzählt er besser selbst."

„Ja, der Meinung bin ich allerdings auch. Nun, Herr Gundlach, dann kommen Sie bitte gleich als erstes mit uns."
Hartmut rückte seine rundes Metall-Brillengestell zurecht, strich mit der Hand abwesend über seinen fast kahlen Kopf und erhob sich mühsam beherrscht. Er schlurfte schwerfällig hinter den Beamten her in den Raum, den Thomas ihnen aufschloss, und die Last des

vor nicht mal einer Stunde erlebten drückte seine Schultern herunter wie ein überdimensionaler Rucksack.

Elvira Brockhaus lief unruhig im Sekretariat hin und her, ihre beiden Teilzeit-Kolleginnen sassen schon an ihren Schreibtischen und fuhren ihre PCs hoch.

„Was wohl die Polizei hier will?"

„Vielleicht ist was geklaut worden?" grübelten die drei Frauen halblaut abwechselnd.

„Ich frag jetzt Thomas, ich halt das nicht mehr aus." sagte Elvira, öffnete kurz entschlossen die Seitentür zu Thomas's Büro und stürmte direkt zu seinem Schreibtisch.

„Schon mal was von Anklopfen gehört?" blaffte Thomas gereizt, mit einer schnellen Bewegung schob er die Schublade oben rechts zu, worin Evas Zeichnung immer lag.

„Früher warst du nicht so empfindlich!" gab Elvira schnippisch zurück.

„Früher war so manches anders...!" sagte Thomas in einem sehr scharfen und mehrdeutigen Ton. Dann wich der wütende Ausdruck aus seinem Gesicht und seine tiefblauen Augen wurden dunkel vor Trauer bei dem Gedanken, was er ihr und seinem ganzen seinem Kollegium heute würde mitteilen müssen.

„Wahrscheinlich willst du wissen, warum die Polizei hier ist, nicht wahr? Ich kann's selbst noch nicht wirklich begreifen, aber Silvia ist tot. Hartmut hat sie hier im Foyer gefunden."
Elvira stand starr, wie vom Donner gerührt auf einem Fleck und ihr Gesicht wurde kalkweiss.

„Ob Silvias Gesicht auch so weiss war heute morgen?" schoss es Thomas durch den Kopf und für einen

Moment war er froh, dass Hartmut Silvia gefunden hatte und nicht er. Eine Sekunde später schämte er sich fast dafür, denn Hartmut würde das Bild wahrscheinlich nie wieder aus seinen Gedanken verbannen können.

„S-Silvia ist tot? W-Wie kann das sein? Und wieso kommt deswegen die P-Polizei?" stotterte Elvira halblaut, ihre Hände zitterten dabei unkontrolliert.

„Na ja, sie vermuten halt, dass es kein Unfall war. Sie lag mit einer üblen Kopfverletzung am Boden und war wohl schon kalt, als Hartmut sie heute morgen fand. Mehr weiss ich im Grunde genommen auch nicht. Bitte ruf eine Dienstbesprechung zusammen für 9.30 Uhr, damit ich es den Kollegen mitteilen kann. Solange behältst du es bitte noch für dich. Und organisiere schnellstmöglich eine Vertretung für Silvia." ordnete Thomas an.
Elvira nickte nur, drehte sich auf dem Absatz um und verschwand im Sekretariat.

Thomas blies seine Wangen auf und atmete tief aus. Er massierte mit den Händen seinen schmerzenden Nacken und liess seinen Kopf nach vorne auf seine auf dem Schreibtisch verschränkten Arme sinken. Irgendwie schienen sich seine sämtlichen Emotionen dafür entschieden zu haben, als Verspannung in seine Muskeln zu kriechen, ihm tat jeder Knochen weh. Am liebsten würde er jetzt einfach alleine im Wald eine Runde Laufen gehen, dort konnte er schon immer am besten seine Gedanken sortieren. Aber das würde er wohl, wenn überhaupt, frühestens heute Abend tun können. ˙

So wie es aussah, nahmen die Beamten wirklich den ganzen Tag lang alle und alles unter die Lupe. Aber das war ja auch ihr Job. Dennoch empfand Thomas es irgendwie als aufdringlich, so als wenn dadurch Silvias Tod erst richtig real würde. Wären die Beamten nicht da, könnte man sich vielleicht noch einreden, dass alles nur ein böser Traum wäre.

„Ein böser Traum... schön wär's...“ flüsterte Thomas in den Ärmel seines Hemdes, immer noch mit dem Kopf auf den Armen. Dann traf ihn die Erkenntnis wie ein Keulenschlag und er fuhr förmlich von seinem Stuhl hoch. Wenn es kein Unfall war, musste jemand wirklich böse sein, so böse, dass ihm Silvias Leben nichts wert war. Und dieser jemand musste aus der BAM sein, dieser jemand ging hier Tag für Tag ein und aus!

In diesem Moment wurde er aus seinen Gedanken gerissen, denn es klopfte laut und vernehmlich an seiner Tür.

„Herr Feldmann, wenn Sie so nett wären, wir würden jetzt gerne Sie befragen, alle anderen Kollegen und die Damen aus der Verwaltung haben wir schon." bat Wachtmeister Pfeiffer freundlich, nachdem er an Thomas's Bürotür geklopft und auf sein „Herein!" gewartet hatte. „Der ist wenigstens so höflich und wartet bis er hereingebeten wird, nicht wie meine eigene Sekretärin..." dachte Thomas ein wenig ironisch. Er erhob sich und betrat zusammen mit Pfeiffer den Besprechungsraum, wo Kommissar Hoffmann schon mit ungeduldig wippenden Fußspitzen wartete. Es war mittlerweile später Nachmittag geworden, die schwüle bleierne Luft lastete wie ein Alpdruck über allem, so schien es Thomas.

„Nun, Herr Feldmann... wir hätten gerne einige Informationen von Ihnen..."

„Ja, gerne. Wenn ich irgendwie helfen kann. Ich befürchte nur, ich kann Ihnen nicht wirklich viel sagen."

„Was könnten Sie denn sagen?" entgegnete Hoffmann und fixierte ihn aufmerksam wie eine Katze auf der Jagd mit seinen Augen.

„Nun, Silvia ist... war... eine Kollegin, die ich sehr schätze... sie war immer zuverlässig, herzlich und offen. Und intelligent."

„Wie lange kannten Sie sie?"

„Seit ich hier arbeite, also seit Mai 2011."

„Als Leiter?"

„Nein, ich habe als Dozent hier angefangen. Leiter bin ich erst Januar vor einem Jahr geworden."

„Wann sind Sie denn gestern Abend nach Hause gegangen?"

„So gegen 17.45 Uhr. Ich hab Silvia noch gefragt, ob ich Sie mitnehmen soll zum Bahnhof. Wir haben in der Küche ein bisschen geplaudert."

„Soso. Worüber denn?"

Thomas räusperte sich: „Hrmrhm. Also... na ja, das ist ja eigentlich privater Gesprächsstoff gewesen..."

„Herr Feldmann, Ihre Mitarbeiterin liegt auf einer Bahre in irgendeiner Klinik, da gib es keine privaten Bereiche mehr, oder? Nun? Was sollen wir denn nicht wissen?"

„Warum wird einem so eine Aussage eigentlich von euch Polizisten immer gleich als verdächtiges Verschweigen ausgelegt? So hab ich das doch gar nicht gemeint!"

„Nun fühlen sie sich mal nicht gleich so angegriffen, das ist halt 'ne Berufskrankheit. Ausserdem ist in unserem Job provokantes Nachfragen oft sehr informativ...!" gab Hoffmann zurück und seine Augen funkelten dabei, ob nun humorvoll oder nur aufmerksam, vermochte Thomas nicht zu sagen.

„Also, was soll's. Wir haben über eine Frau geredet."

„Über Ihre Ehefrau? Oder sind Sie nicht verheiratet?"

„Doch, schon. Also irgendwie. Noch... und nein, es ging nicht um meine Frau."

„Soso, „irgendwie" und „noch" verheiratet... Sie überlegen demnach, sich zu trennen, ja? Und Frau Rieger hat bitte genau „was" damit zu tun?"

Thomas's Pulsschlag wurde ein wenig schneller und die Temperatur in dem schlecht gelüfteten Raum kam ihm noch wärmer als vorhin vor.

„Na ja, Silvia kannte die Frau auch, sie war mal eine Schülerin von ihr. Und ich... also ich mag sie halt. Also diese Schülerin."

Seine Gefühle für Eva durchfluteten ihn in diesem Moment mit einer Wärme, dass sich seine Lippen unwillkürlich zu einem weichen, hellen Lächeln öffneten.

„Sie „mögen" Sie! Ja, das sehe ich!" Hoffmann stiess ein Schnauben aus und konnte sich trotz aller Beherrschtheit ein Grinsen nicht verbeissen. „Ich glaube, Sie mögen Sie nicht nur!"

Thomas sah dem Kommissar offen in die Augen und im gleichen Augenblick nahm in Thomas's Herz etwas Gestalt an. Es war nur ein Sekundenbruchteil gewesen und hatte doch die Wirkung eines für ihn sehr bedeutsamen Schrittes.

„Das stimmt. Ich bin verliebt in diese Frau!" Thomas sagte es laut und absurderweise mit einer deutlichen Spur von Stolz in der Stimme.

„Wow, das ist ja mal ein Bekenntnis, Herr Feldmann! Leider muss ich Ihren spontanen Anfall von Romantik hier jedoch unterbrechen und Sie fragen, ob ausser Ihnen und Frau Rieger gestern Abend noch jemand in der BAM zu sehen war!"

„Nun, soweit ich sehen konnte, war Frau Brockhaus noch da, ihr Licht brannte noch. Ansonsten habe ich niemanden gesehen."

„Gut. Dann wären wir für heute erstmal fertig. Leider werden wir in den nächsten Tagen weitere Überprüfungen hier durchführen müssen."

Hoffmann erhob sich synchron mit Pfeiffer und gab Thomas die Hand.

„Einen schönen Abend noch!"

„Einen Moment noch, bitte!" Thomas sagte es kurz entschlossen, „ich weiss, es klingt wahrscheinlich merkwürdig, aber meinen Sie, ich könnte Silvia noch mal sehen?"

„Sehen, Sie?"

„Ja, ich würde sie gerne sehen. Um es irgendwie zu begreifen, zu kapieren, wissen Sie? War nur ein spontaner Einfall. Wenn es nicht geht, muss ich es halt akzeptieren. Aber es wäre schön."

„Schon sehr, sehr ungewöhnlich, Herr Feldmann, aber ich will mal sehen, ob so was möglich ist. Aber wenn überhaupt, dann nur in meiner Begleitung, schliesslich sind Sie ja kein Angehöriger."

Hoffmann zückte sein Handy und und wanderte im Foyer auf und ab, während er diverse Nummern wählte. Die Lautstärke seiner Stimme schwoll an und ab und bekam zum Schluss einen schrillen Unterton. Mit einem lauten „Klack" klappte er sein Handy zu und schob es mit einem Ruck in seine Jacke.

„Mit Ihrem „Besuch" wird es nichts, Herr Feldmann. Frau Rieger ist weg."

„Weg? Wie meinen Sie das? Wie kann sie denn weg sein?"

„Gelaufen ist Sie wohl kaum!" fauchte Hoffmann gereizt. „Die in der Klinik hier sind ja so was von unterbelichtet. Ich hab hin und her telefoniert, aber die konnten sie doch tatsächlich einfach nicht finden. Zum Schluss bekam ich die Info, dass sie in eine andere Klinik an ihrem Wohnort transportiert worden sei, aber sie ist nirgendwo auffindbar. Jetzt hab ich nicht nur die Untersuchung hier am Hals, sondern muss auch noch aufklären wo sie hin verschwunden ist! Unglaublich, so was!"

„Irgendwie beruhigend, dass auch dieser penible Kommissar mal aus der Fassung zu bringen ist!" murmelte Thomas mit einem grimmigen Lächeln, als die beiden Beamten das Gebäude verlassen hatten. „Aber was für ein bizarrer Tag... und am Ende eine verschwundene Leiche. Das hätte Silvia mit ihrem schwarzen Humor bestimmt gefallen..."
Er hatte seine Schritte gar nicht so richtig bewusst gesteuert, fand sich aber in der Küche wieder, wo er sich keine 24 Stunden zuvor noch mit Silvia unterhalten hatte. Das graue einsame Gefühl, das ihn heute Morgen schon ergriffen hatte, überrollte ihn aufs neue. Er lehnte sich erschöpft mit dem Rücken an den Kühlschrank und schloss seine gereizten Augen. Silvia war ihm von den Kollegen eigentlich am nächsten gewesen, die unkomplizierte und unverstellte Kameradschaft zwischen ihnen war mit ebenso viel humorvollem Augenzwinkern wie verständnisvollem Zuhören gepaart gewesen. Gestern war das alles noch wie selbstverständlich da, und heute

musste er sich fragen, ob das Kollegium je wieder das gleiche sein konnte ohne Silvias verrauchte tiefe Stimme.

Thomas begann trotz der schwülen Aussentemperaturen zu frösteln, als ihm erneut bewusst wurde, dass jemand aus genau diesem Kollegium Silvia derart intensiv gehasst haben musste, dass er ihrem Leben ein Ende setzte. Theoretisch könnte es ja auch jemand von den Schülern aus einem der Kurse gewesen sein, grübelte er weiter. Oder auch nicht, der Unterricht war ja schon längst zu Ende gewesen um diese Zeit.

Doppelt wehmütig dachte Thomas daran, wie er oft auf dem Flur oben entlanggelaufen war, in den Seminarraum schaute, während Silvia Unterricht hielt und er und Eva sich dann strahlend zugelächelt hatten. Oder wie er sich gefreut hatte, wenn er Evas grosse schlanke Figur auf dem Flur erblickte und ihre Augen sich trafen...

Ob dieser beharrliche Kommissar wohl jemals herausfinden würde, was mit Silvia passiert war? Schon komisch, dass er ausgerechnet vor ihm zum ersten mal öffentlich seine Gefühle für Eva laut und deutlich formuliert hatte. Ausser vor Silvia natürlich... Thomas konnte fast spüren, wie sie ihm für sein Bekenntnis auf die Schulter geklopft hätte...

Und Eva... wie ihre Augen wohl warm aufgeleuchtet hätten, wenn diese Worte an ihre Ohren gedrungen wären...

In diesem Moment ging Thomas auf, dass Eva ja noch gar nichts davon wusste, dass Silvia tot war. Konnte sie ja auch nicht. Und sie hatte Silvia sehr gemocht!

Er schaute auf seine Armbanduhr... Er würde jetzt nach Hause fahren, und Eva gleich morgen früh anrufen, um ihr die traurige Mitteilung zu machen. Er sehnte sich danach, das Mitgefühl in ihrer Stimme zu hören, und das Wissen, dass Evas Trauer sich mit seiner mischen würden, erfüllte ihn mit einer Verbundenheit zu ihr, die den Verlust etwas weniger schneidend machte.

Als er wenig später in seinem Auto sass und sich in die Rushhour auf der Stadtautobahn einordnete, zuckten gleissende Blitze durch die bleiernen Wolken und die Schwüle des Tages begann sich zu entladen. Thomas sah zu, wie sich auf der nassen Strasse der Blütenstaub mit dem rasch abfliessenden Regenwasser vermischte.

„Fast symbolhaft!" dachte er halblaut, denn sein Schmerz um die Kollegin sich vermischte genauso mit dem um das Scheitern seiner Ehe. Beides bedeutete Verlust, Verlust von Vertrautheit und Gewohnheit. Und bei beiden war die Vertrautheit unwiederbringlich verloren, grübelte er weiter. Bei Silvia hatte der Tod sie grausam abgeschnitten, die Leere und kühle Einsamkeit in seiner Ehe dagegen liess nicht einmal mehr Raum für so etwas wie Vertrautheit.

Thomas spürte dennoch trotz seiner überbordenden Emotionen, trotz seiner Trauer, Angst und Unsicherheit eine lang vermisste Klarheit in seinem Herzen. Davon gleichsam ermutigt, legte er sich in seinen Gedanken hunderte Varianten von einfühlsamen und doch deutlichen Worte zurecht, mit denen er seiner Einsamkeit heute Abend endlich ein Ende setzen wollte... mit denen er seinen Kindern seine Liebe versichern und deren Mutter zwar das Ende ihrer Ehe mitteilen, aber auch seine Unterstützung für danach zusichern wollte.

Die Regentropfen trommelten zwar noch hart auf seine Windschutzscheibe, und die Scheibenwischer schoben emsig das Wasser über die Glasfläche, während der Donner immer befreiender über seinem Dach rollte, aber weit hinten am Horizont glitzerte schon wieder die milde Abendsonne durch eine immer grösser werdende Lücke in den eilenden Wolkentürmen.

Am nächsten Morgen erwachte Thomas mit bohrenden Kopfschmerzen und steifem Nacken. Der gestrige Tag hatte definitiv seine Spuren hinterlassen. Er hob seinen Kopf vom Kissen und warf einen Blick auf den Wecker. Im Haus war es komplett ruhig – kein Wunder, er hatte verschlafen! Er erhob sich vom Sofa, das in den letzten Wochen sein Schlafplatz geworden war, die Kinder waren schon mit ihrer Mutter unterwegs zum Kindergarten bzw. Schule. Auch wenn er sich jetzt eigentlich ziemlich sputen musste, um die Verspätung auf der Arbeit in Grenzen zu halten, war es ihm nicht unlieb, ein paar Minuten allein mit seinen Gedanken zu sein.

Die Geschehnisse des vergangenen Tages waren so umwälzend gewesen, dass er jetzt vollkommen ausgelaugt und leer vor seinem Müsli sass und in den Kaffeebecher starrte.

Was für eine Schnapsidee von ihm, zu meinen, dass er ausgerechnet an dem Tag, wo Silvia umgekommen war, auch noch die zugegebenermassen lange fällige Auseinandersetzung wegen seiner Ehe führen zu müssen. Andererseits war es wahrscheinlich genau diese gnadenlose Konfrontation mit der menschlichen Endlichkeit, die in ihm die Energie zu diesem Entschluss freigesetzt hatte.

Eigentlich hatte er sich ja irgendwie auf einen lautstarken Streit oder zumindest Trauer und Tränen eingestellt. Doch seine Frau hatte ihn nur sehr lange prüfend und mit eisiger Ruhe angesehen und dann leise gesagt:

„Ich wusste, dass das bald kommen würde. Es wäre gut, wenn du dir demnächst eine andere Wohnung suchst. Und den Kindern musst du es selbst sagen, das nehme ich dir nicht ab."

Das war im Grunde alles gewesen, kein Schluchzen, kein Versuch ihn festzuhalten, keine sichtbare Gefühlsregung. Nur in ihren Augen hatte so etwas wie Enttäuschung oder Verachtung gelegen. Waren sie tatsächlich so weit von einander entfernt, dass nicht einmal das Ende der Beziehung noch grosse Emotionen hervorrief? Jedenfalls verstörte ihn diese frostige Reaktion mehr als es ein Ausraster oder Zusammenbruch hätte tun können, auch wenn es ihm letztlich seine Lösung von ihr um einiges leichter machte.

Dennoch, er konnte die gemeinsame Zeit nicht einfach so zur Seite legen, auch wenn sein Herz, wie ihm mit jedem Tag deutlicher wurde, schon sehr lange nicht ihr gehörte.

„Warum braucht man eigentlich immer so lange, bis man merkt, welche Irrtümer man tatsächlich lebt?" sprach Thomas halblaut vor sich hin, während er zu seiner Tasche griff und sich auf den Weg zur Bushaltestelle machte, das Auto benutzte seine Ex-Frau. Ab jetzt gehörte er also auch zu dem illustren Kreis der Menschen, die von ihrer „Ex" sprachen. Ein eigenartig leeres Gefühl, und doch nicht halb so leer wie seine Ehe.

Als er aber danach seine Kinder zu sich aufs Sofa geholt hatte, in jedem Arm eines hielt und ihnen mit einem Küsschen ins Ohr flüsterte, wie sehr er sie lieb hatte, wurde sein Herz ganz wund und er musste seine Rührung mühsam niederkämpfen, als er ihnen eröffnete, dass

Mama und Papa zukünftig nicht mehr zusammenleben würden, weil sie sich nicht lieb hätten.

Der gleichzeitig furchtsame und unsichere Ausdruck in ihren Augen wich erst ein wenig, als er ihnen mit warmer Stimme und noch wärmeren Herzen erklärte, dass ihre Eltern sie beide furchtbar liebten und sich daran niemals etwas ändern würde, auch wenn sie nicht mehr alle zusammenleben würden.

„Dann ist es ja gut!" hatte die Kleine gemeint, ihre Ärmchen um seinen Hals geschlungen und ein zaghaftes Lächeln gewagt. Die Grosse blieb eine Weile still neben ihm sitzen und sah ihren Papa dann ernst mit grossen Augen an:

„Papa, wenn du und Mama euch nicht lieb habt, hast du dann wen anders lieb? Und wer hat dich denn dann lieb?"

Thomas hätte nicht verblüffter sein können - er versuchte seinen Kindern die Trennung zu erklären - und seine Grosse machte sich mehr Sorgen, dass er auch ja von jemand lieb gehabt wurde, als um sich selbst... Und wie instinktiv scharfsichtig Kinder doch manchmal waren, sie hätte die Wahrheit ja kaum genauer treffen können. Er war ein wenig ins Stottern geraten, als er erwiderte, dass da wohl schon zur richtigen Zeit jemand da sein würde zum lieb haben.

Seine grösste Sorge war doch im Moment eher, dass seine Kinder möglichst unbeschadet durch diese aufwühlende Zeit von tiefen Veränderungen und neuem Lebensalltag fanden! Die Gedanken an das, was sich da noch so an warmen, süssen und innigen Bindungen in seinem Herzen befand, mussten wohl ein wenig warten, bis sie wieder ihren Platz einnehmen konnten...

Über all diesen Gedankengängen hätte Thomas beinahe seine Bushaltestelle zum Aussteigen verpasst, so vertieft war er noch in die Geschehnisse des gestrigen Abends.

Als er dann die Fussgängerampel überquerte, sah er gerade noch wie vor ihm ein wohl bekanntes kleines Auto die Strasse zur BAM einbog. Eva? Was machte sie denn hier? Sie war doch vorgestern erst hier gewesen. Sein Herzschlag beschleunigte sich, und dennoch beschlich ihn ein ungutes Gefühl. Er hatte ihr von Silvias Tod noch gar nichts berichten können, wie auch, durch seine blöde Verspätung. Hoffentlich kam ihm niemand zuvor...

Doch genau diese Befürchtung war schon wahr geworden, bevor Thomas sie überhaupt hegen konnte. An diesem Morgen war Eva durch ein unablässiges Klingeln ihres Handys um halb acht aus dem Schlaf gerissen worden. Sie tastete verschlafen im Flur nach dem geräuschvollen Störenfried und war mit einem Schlag hellwach, als sie die Nummer auf dem Display erkannte.

Die BAM! Ein helles Glücksgefühl schoss in ihr hoch, als sie all ihre Hoffnungen, dass Thomas sich irgendwann bei ihr melden würde, in diesem Moment bestätigt sah. Dass es eigentlich noch zu früh für einen Anruf aus Thomas's Büro war, kam ihr vor lauter Freude gar nicht zu Bewusstsein und ihre Enttäuschung war umso grenzenloser, als sich die ihr völlig fremde Stimme des Kommissars meldete. Ihr Befremden allerdings war auch nicht gering, als er sie bat, in einer dringenden polizeilichen Angelegenheit umgehend in der BAM zu erscheinen, den genauen Grund wollte er am Telefon nicht nennen, seine Aufforderung aber war ebenso unmissverständlich wie unumgänglich.

Als sie eine Stunde später in der BAM vor Kommissar Hoffmann sass und ihn fragend ansah, wandelte sich bei seinen kurzen, klar und emotionslos vorgetragenen Schilderungen ihr Befremden in verständnislosen Schock. Frau Rieger? Tot??? Diese Worte in einem Satz unterbringen zu müssen, konnte doch nicht real sein? Es traf sie hart, dass ausgerechnet diese intelligente und lebensfrohe, geradeheraus und doch warmherzig agierende Frau leblos auf einer Bahre liegen sollte.

„Ich... ich weiss gar nicht was ich sagen soll. Ich mochte sie sehr. Und ich verstehe auch nicht, warum Sie mich hierher bestellen, um mir das zu sagen, das hätte doch auch jemand von der BAM tun können!" gab sie dem Kommissar zur Antwort, in Gedanken hängte sie noch daran „Thomas zum Beispiel..."

Wieso hatte er sie nicht angerufen, wenn schon nicht um ihre Stimme zu hören, aber wenigstens um ihr von Frau Rieger's Tod zu berichten? Ihr ganzer Schock entlud sich in diesem Moment als Wut, Wut auf Thomas, auf sein kaltes Schweigen... nicht mal jetzt konnte er sich überwinden, sich bei ihr zu melden, dachte sie bitter.

„Ach, Sie haben keine Ahnung, warum wir sie hergebeten haben, Frau Stark? Wirklich nicht? Sie kannten Frau Rieger doch."

„Ja, aber das tun hier viele andere auch. Und ich bin schon seit mehreren Monaten nicht mehr an der BAM Schülerin."

„Was Sie ja nicht hindert, hier hin und wieder aufzuschlagen, oder?"

„Natürlich nicht, das ist ja nicht verboten!" Eva wurde allmählich immer wütender, irgendetwas an der Art und an dem Tonfall, wie Hoffmann fragte, provozierte sie.

„Jaa, Frau Stark, Frau Rieger starb allem Anschein nach eines gewaltsamen Todes. Vorgestern Abend übrigens."

Eva's Augen weiteten sich entsetzt. „Das... das ist ja grauenhaft. Wieso...? wer...?" stammelte sie, während langsam ein Schluchzen ihre Kehle herauf kroch. „ich kann Ihnen aber doch dazu gar nichts sagen, so gerne ich helfen würde..."

„Nein, können Sie das tatsächlich nicht?" hakte Hoffman mit leicht gereizter Stimme nach und Eva bekam immer mehr den Eindruck, dass der Kommissar noch mit etwas hinter dem Berg hielt. Ein ungutes Gefühl beschlich sie, während sie versuchte, sich ihre Antwort zurecht zu legen. Was mochte Hoffmann im Hinterkopf haben?

In diesem Moment sah sie Thomas's grosse Gestalt an der äußeren Fensterfront des Raumes vorbeilaufen, ihr Kopf drehte sich unwillkürlich in seine Richtung und sie konnte ihren Blick unpassenderweise nicht von ihm wenden, obwohl ihr klar war, dass der Kommissar sie aufmerksam beobachtete.

„Ich habe Frau Rieger total ins Herz geschlossen, ich wäre doch die letzte, die ihr den Tod wünscht!" gab Eva verwirrt und fast trotzig zurück, sie wünschte sich, dieser verflixte Polizist würde endlich mal mit dem herausrücken, was er eigentlich im Schilde führte.

„Herrn Feldmann haben Sie aber auch ins Herz geschlossen, nicht? Wie sehr eigentlich? Und wie lange geht das schon?"

„Geht was?"

„Ihre Affäre mit ihm?"

„Meine was? Welche Affäre denn? Wir haben doch nie... schön wär's!" platzte Eva heraus, sie war allmählich mit ihrer Geduld und ihren Nerven am Ende, und den Tränen war sie sowieso schon ziemlich nahe.

„Wie kommen Sie nur auf so etwas? Wer erzählt denn so was? Nein, es stimmt einfach nicht!

„Fast hätte mich Ihr Auftritt jetzt sogar überzeugt, Frau Stark, aber eben nur fast. Sie hätten vielleicht Schauspielerin werden sollen. Wo waren Sie denn vorgestern Abend?"

„Ach ja, die berühmte Frage... ist ja wie im Film, bloss im falschen! Bin ich jetzt also verdächtig, ja? Weswegen nur? Ich war doch zu Hause, wo sonst? Und wenn Sie's genau wissen wollen, mit einem Glas Wein! Auf meiner Terrasse!" Eva's Stimme war nun endgültig giftig geworden.

„Nein, Sie haben mich damit überhaupt nicht überzeugt, aber für's erste war es das trotzdem. Ich melde mich bald wieder bei Ihnen, um Sie weiter zu befragen. Ich werde mich nun wieder ausführlich mit Ihrem Herrn Feldmann beschäftigen müssen!"

Eva funkelte Hoffmann bei seinen Worten wütend an und wendete sich hochaufgerichtet zur Tür, die sie dann lautstark ins Schloss fallen liess.

Draussen im Foyer liess sie sich orientierungslos auf einen der Sessel fallen, ihre Tasche glitt achtlos auf den Boden. Ihre Tränen rannen langsam über die Wangen und ein unendlich verlorenes Gefühl übermannte sie. Sie schlug ihre Hände vors Gesicht, als könne sie damit all die verwirrenden und unverständlichen Dinge, die auf sie einstürmten, aussperren.

Thomas hatte die Bewegung im Foyer aus seinem Büro, dessen Türe weit offen stand, wahrgenommen. Als er Eva's Tränen sah, hielt es ihn nicht länger auf seinem Drehstuhl, er erhob sich und ging langsam auf die Sitzgruppe zu, während er sie innig und voller Wärme ansah. Er wusste nicht, was ihn in diesem Moment stärker berührte, ihre Gefühle so offen und damit sie so verletzbar zu sehen - oder sein eigenes Bedürfnis, seine Gefühle mit ihr zu teilen, irgendeine Art von Trost von ihr zu empfangen und sei es nur durch einen verständnisvollen Blick.

Thomas liess sich auf dem breiten Sessel nieder, auf dem auch Eva sass und seine Schulter berührte dabei leise die ihre, sodass sie wie erwachend langsam ihre Hände von ihrem Gesicht sinken liess. Er legte seine Hand weich auf ihre linke Hand, die noch ganz nass von ihren Tränen war. Eva wendete ihren Kopf zu ihm und blickte aus ihren verweinten blauen Augen zu ihm auf, direkt in die seinen, die voller Sehnsucht auf ihren Blick gewartet hatten. In diesem Moment versank für beide für einen Augenblick die ganze absurde Gegenwart, ihrer beider verworrene Vergangenheit, alle schmerzlichen Fragen und sie tranken sehnsüchtig die kostbare Wärme, das innige Verstehen und das wortlose Trösten aus den Augen des anderen.

Er hob die Hand und berührte leicht eine ihrer Locken, um sie ihr aus der Stirn zu streichen. „So nah bin ich ihr noch nie gewesen..." schoss ein Sonnenstrahl durch Thomas's Herz, aber noch während er dies dachte, sah er die Sonne aus Eva's Augen weichen, ja, stattdessen machten sich Enttäuschung und Bitterkeit darin breit, als sie ihn mit belegter Stimme fragte:

„Warum haben Sie mich nicht angerufen? Ich bin aus allen Wolken gefallen, als dieser Hoffmann mich herbestellt hat und mir gesagt hat dass Frau Rieger tot ist. Dass Sie mir nach der Brief-Geschichte immer noch komplett ausweichen, tut mir ja schon weh genug, aber wenigstens das hätten Sie mir doch mitteilen können."

„Aber ich wollte Sie doch anrufen, heute morgen... aber Hoffmann war leider schneller..."

„Wer weiß, vielleicht hätte ich es nie erfahren, wenn er mich nicht angerufen hätte. Weil er mich, aus welchem absurden Grund auch immer, im Verdacht hat, etwas mit ihrem Tod zu tun zu haben..."

„So was trauen Sie mir zu?" Thomas stiess es empört hervor, diese Anschuldigung Eva's hatte ihn tief getroffen. „Sie wissen doch genau, dass ich..." er brach abrupt ab, weil in diesem Moment Hoffmann vor ihnen beiden stand.

„Herr Feldmann, ich möchte Sie erneut befragen. Kommen Sie sofort ins Besprechungszimmer, ich habe es heute eilig."

Hoffmann's Stimme klang heute bei weitem nicht mehr so wohlwollend wie gestern. Thomas nahm seine Hand ein wenig ruckartig von Eva's, als er sich erhob, um dem Kommissar zu folgen. Er drehte sich noch einmal im Gehen zu ihr um und beide schauten sich mit einer hilflosen Mischung aus Trotz, Verletzung und Sehnsucht an.

Als er sich Hoffmann gegenüber setzte, ging ihm erst heiß auf, was Eva vorhin noch gesagt hatte – der Polizist hegte Verdacht gegen sie! Wie lächerlich, war der schon so verzweifelt, dass er auf so was abstruses verfiel? Gleichzeitig war er aber auch richtig wütend auf Eva, er war vorhin so innig auf sie zugekommen und sie traute ihm zu, dass er ihr Silvia's Tod nicht berichten würde? Erst stellte sie sein Leben komplett auf den Kopf und dann kam so eine Anschuldigung?

Er atmete tief durch. Er musste fairerweise zugeben, er hatte sie sehr verletzt, aber er war doch dabei, alles in Ordnung zu bringen. Nur dass sie das ja nicht wissen konnte, aber er hatte gedacht, vorhin bei diesem so innigen Augenblick zwischen ihnen, dass sie die Veränderung irgendwie gespürt hätte. Alles Gefühlsduselei, dachte er wiederum trotzig und versuchte sich auf Hoffmann zu konzentrieren, der ihn wortlos angestarrt hatte und nun das Wort ergriff.

„Ja, Herr Feldmann, Sie haben mir gestern nicht die Wahrheit gesagt!"

„Wie bitte? Das verstehe ich nicht!"

„Sie haben eine Affäre mit Frau Stark. Und Sie waren der letzte, der Frau Rieger lebend gesehen hat, nicht Frau Brockhaus, wie Sie behaupteten!"

Thomas fiel buchstäblich die Kinnlade herunter bei den Worten des Kommissars, er verschluckte sich und musste husten, als er seine aufgebrachte Antwort hervorbringen wollte. „Das ist ja wohl das allerletzte, wer hat Ihnen denn so einen Bullshit erzählt? Ich habe Frau

Brockhaus's Schatten doch gesehen und ihr Auto stand auch noch da!"

„Das behaupten Sie... aber bezeugen kann das niemand!"

„Ja, dummerweise ist meine Zeugin dafür tot!" gab Thomas bitter zurück.

„Und Frau Stark? Was haben Sie dazu zu sagen?"

„Wie Sie zu der Meinung gelangten, wir hätten eine Affäre, hat mich hier ja leider nicht zu interessieren... Ausserdem hab ich doch schon gestern freiwillig zugegeben, dass ich in sie verliebt bin. Doch wir haben nie miteinander geschlafen, ja uns nicht einmal geküsst."

„Das sah vorhin aber doch schon sehr, sehr vertraut aus, wie sie sich Händchen haltend getröstet haben..."

„Aber das war doch etwas ganz anderes... es geht doch um Silvia, wir... ich... darf man sich denn nicht mal mehr trösten, ohne sich verdächtig zu machen?"

„Frau Stark hat vorhin auch vehement geleugnet, dass Sie eine Affäre miteinander haben, sie haben sich gut miteinander abgesprochen. Und ein anderer hätte Ihnen beiden das vielleicht auch abgenommen. Aber ist es nicht vielmehr so, dass Frau Rieger hinter ihre Affäre gekommen ist, und wie lange das schon so geht? Damit wäre es Essig mit ihrer tollen Position gewesen, und wer weiss, Frau Stark wäre ihre Noten und ihre Auszeichnung vielleicht auch los gewesen, wenn Frau Rieger das publik gemacht hätte...

„Das ist jetzt wirklich ungeheuerlich. Selbst wenn das mit der Affäre stimmen würde - obwohl wir beide überhaupt nicht der Typ für so etwas sind - niemals wäre mir meine Position so eine abscheuliche Tat wert! Sie haben keine schöne Phantasie, Herr Hoffmann!"

„In meinem Beruf passieren ständig Dinge, die genau diese Phantasie begründen, glauben Sie mir! Und ich bin überzeugt, dass entweder Sie beide sich gegenseitig decken, oder diese Tat eine Gemeinschaftsproduktion war!"

„Wie wollen Sie diesen Schwachsinn denn überhaupt beweisen?" Thomas war es mittlerweile egal, ob er dem Kommissar zu dreist wurde, er war so aufgebracht ob dieser Beschuldigung, dass er dachte, sowieso nichts mehr zu verlieren zu haben.

„Ja, das ist Ihr Glück, es steht momentan Ihrer beider Aussage gegen eine andere. Aber ich werde es beweisen, glauben Sie mir..."

„Sie sehen, was Sie sehen wollen, glauben Sie mir!" machte Thomas ihn nach. „Wer hat denn diese fiese Behauptung überhaupt aufgestellt?"

„Das werde ich Ihnen bestimmt nicht auf die Nase binden!"

„Nun, wenn das so ist, dann werde ich jetzt zurück in mein Büro gehen und meine Arbeit weitermachen, wenn Sie nichts dagegen haben..."

„Von mir aus, ich bin für heute eh fertig mit Ihnen..."

Ohne ein weiteres Wort erhob sich Thomas und warf die Tür äusserst geräuschvoll ins Schloss, als er den Raum verliess. Hoffmann musste widerwillig lächeln bei dieser Geste, die er von Eva heute früh noch im Ohr hatte. „Die beiden sind sich charakterlich ganz schön ähnlich,

Türen knallen inklusive. Und beide schauen sie einen mit ihren blauen Augen so unschuldig an, als könnten sie kein Wässerchen trüben. Aber irgendwas stinkt hier zum Himmel, und zwar gewaltig... und mein Instinkt sagt mir, es muss auf irgendeine Art und Weise mit den beiden zu tun haben."

Thomas war nach seinem geräuschvollen Abgang bei Kommissar Hoffmann nicht direkt in sein Büro zurückgekehrt, sondern steuerte die Küche an, um seine Tasse mit frischem Kaffee zu füllen. Dort standen, ebenfalls mit Kaffeebechern bewaffnet, Elvira und Hartmut und waren augenscheinlich sehr ins Gespräch vertieft.

„...und ich sage dir, das hat was damit zu tun..." hörte er Elvira gerade sagen.

„Ach, also, nee, das glaub' ich wirklich nicht!" gab Hartmut zurück, als Thomas durch die Türe trat.

"Na, ist der Buschfunk wieder aktiv? Oder soll ich lieber sagen Polizeifunk?"
Hartmut musste bei Thomas's zwar scherzhaft hingeworfenen, aber letztlich doch eher ernst gemeinten Worten unwillkürlich grinsen. Wieder ernst werdend, rückte er seine Brille zurecht und meinte:

„Ist doch klar, dass uns das Thema Silvia beschäftigt, oder? Ich meine, mich sowieso, ich krieg' das Bild, wie sie so dalag, nicht wirklich aus meinem Kopf, das kannst du mir glauben!"
Thomas legte ihm kurz die Hand auf die Schulter und sah ihn mit verständnisvollen Augen an.

„Vollkommen logisch, würde mir nicht anders gehen..." Hartmut tat das herzliche Mitgefühl seines Vorgesetzten sichtlich wohl, er blickte Thomas dankbar an.
Während die beiden niedergeschlagen ihre Erinnerungen an den Morgen von Silvia's Tod Revue passieren liessen, rührte Elvira schweigend in ihrer Tasse. Ihr Gesicht hatte sich ein wenig verfärbt bei Thomas's Anspielung mit dem Buschfunk. Neuerdings machte er zu ihrem Leidwe-

sen häufig solche Äusserungen, und auch der Ton, in dem er das sagte, gefiel ihr gar nicht. Sie schlich mit ihrem Kaffee aus der Küche, doch die beiden Männer nahmen ihren Rückzug gar nicht wahr. Im Foyer traf Elvira auf Eva, die gerade von der Toilette kam, wo sie sich ihr verweintes Gesicht gewaschen hatte.

"Das geschieht der vollkommen recht, dass sie heulen muss!" schoss Elvira ein giftgelber Gedanke durch den Kopf, es war ihr nicht entgangen, mit welchem Gesichtsausdruck Thomas vorhin neben Eva gesessen hatte. Einiges von ihren Gedanken, über deren Ursache sie sich nicht wirklich bewusst war, musste sich wohl in ihren Augen widergespiegelt haben, denn Eva schaute ein wenig erschrocken auf. Ihr trauriger Gesichtsausdruck verwandelte sich bei Elvira's Anblick schnell in einen harten und fast arroganten, der diese nur noch mehr auf die Palme brachte.

„Dass Sie sich noch her trauen..." zischte sie Eva an.

„Falsch! Eher sollte man fragen, wie Sie sich noch trauen können, mich so anzusprechen...!" gab Eva in hochmütigem Ton zurück.

„Auf Wiederseh'n, die Damen!" klang es neben ihnen, denn Kommissar Hoffmann durchquerte gerade das Foyer mit seiner Aktentasche, um die BAM für heute vormittag zu verlassen. Eva hatte ihre Tasche mittlerweile auch über ihre Schulter gehängt und drehte sich ohne Elvira eines weiteren Wortes oder Blickes zu würdigen, zur Tür. Hoffmann hielt sie ihr auf, und so verliessen sie beide das Gebäude, sie zur Seitentür, er zum Haupteingang hinaus.

Hoffmann strich sich mit den Fingern durch seinen Bart, die nicht gerade herzlichen Worte zwischen den Frauen eben waren ihm nicht entgangen.

„Also mögen tun die beiden sich jedenfalls nicht, so viel ist klar!" murmelte er vor sich hin, während er langsam zu seinem Auto lief. „Wäre interessant wieso, da sollte ich vielleicht mal nachbohren...!"

Eva's Empörung über Elvira's kleinen Auftritt war schnell wieder einer tiefen Niedergeschlagenheit gewichen, als sie die Türe zu ihrem Auto aufschloss und sich auf den Fahrersitz fallen liess. Den Schlüssel noch in der Hand, legte sie beide Hände aufs Lenkrad und liess ihren Kopf darauf sinken. Ihre Tränen quollen aufs neue aus ihren Augen, und mit lautem Schluchzer brach sich ihre ganze Erschütterung dieses Morgens Bahn.
Mit einem schiefen Lächeln dachte sie daran, dass die letzten Wochen schon hart genug gewesen waren... die zermürbende und bisher erfolglose Suche nach einer Arbeitsstelle, ihre aufgrund einer Operation chronischen Schmerzen und natürlich besonders ihre Liebe zu Thomas. „Aber wie immer, wenn es einem schon mies geht, wird noch einer oben drauf gesetzt!" murmelte sie bitter.
Wie absurd, jetzt war nicht nur Silvia tot, offensichtlich stand sie unter Verdacht, etwas damit zu tun zu haben. Und Thomas schwankte offensichtlich immer noch dazwischen, seine Gefühle absolut zu leugnen und sie dann zumindest ihr doch zu zeigen - was sie fast zerriss, zu lange hatten sie dieses kräftezehrende Spielchen schon gespielt. Einerseits mochte er ihr nicht einmal einen An-

ruf gönnen wegen Silvia, um sein nach aussen uninteressiertes Gesicht zu wahren... und andererseits war sie nicht nur heute morgen fast zerschmolzen unter seinen hingerissenen tiefen Blicken...

Ob er vielleicht doch ehrlich vorgehabt hatte, ihr Bescheid zu sagen? Dann hatte sie ihm ganz schön Unrecht getan... Unter diesen Grübeleien versiegten ihre Tränen langsam, und sie steckte den Schlüssel ins Zündschloss. Spontan beschloss sie, nicht direkt nach Hause zu fahren. Sie sehnte sich nach liebevollem Rat und unkomplizierter Kameradschaft, und dies gedachte sie sich bei ihrer besten Freundin Tugba zu holen.

Thomas hatte seinen Austausch mit Hartmut erst beendet, als Eva das Foyer zu seiner Enttäuschung schon verlassen hatte. Es schien wohl ihrer beider Schicksal zu sein, dass ihre Begegnungen ständig mit ungewollten Missverständnissen und Verletzungen endeten. Wenigstens war er diesmal nicht schuld daran, dachte Thomas, höchstens indirekt durch sein früheres Verhalten.

Ein schwacher Trost, der das graue einsame Gefühl tief in ihm nicht im mindesten aufwog. Wie konnte er diese Frau so vermissen, obwohl sie im Grunde gar nicht so viel Zeit miteinander verbracht hatten!? Tief durchatmend schob er die Gedanken an die emotionalen Breitseiten der letzten zwei Tage gewaltsam weg und versuchte, sich auf seine alltäglichen Büroarbeiten zu konzentrieren. Liegengeblieben war ja genug.

Es brauchte jedoch nicht lange, bis seine Gedanken wieder bei dem gelandet waren, was Hoffmann ihm und Eva vorgeworfen hatte. Dass er ihnen eine Affäre andichtete, okay, das konnte man aufgrund der Umstände ja noch nachvollziehen. Aber wie kam er darauf, dass sie beide etwas mit Silvia's Tod zu tun haben könnten, und dass er sie zuletzt gesehen haben sollte? Sowohl Silvia als auch Elvira waren definitiv noch da gewesen, als er Feierabend machte. Und wieso brachte der Kommissar Eva für diesen Abend ins Spiel? Sie war doch längst nach Hause gefahren um diese Uhrzeit... oder nicht?

Wer hatte also dem Polizisten diesen Floh mit der Affäre und einem Mordmotiv ins Ohr gesetzt? Eva? Warum sollte sie? Sie mochte Silvia doch, und ausserdem machte sie sich doch nicht absichtlich selbst verdächtig, wenn sie tatsächlich etwas damit zu tun hätte. Andererseits... wie gut kannte er sie eigentlich überhaupt? Sie könnte sie sich auf die Art zumindest ein wenig rächen an ihm für sein Verhalten ihr gegenüber, wenn sie ihn ein zumindest der Anwesenheit an jenem Abend beschuldigte... ausschliessen konnte man so was ja nicht - auch wenn sie mit dem Mord ganz sicher nichts zu tun hatte.

Nein, auch wenn sein Verstand solche Mutmassungen zuliess, sein Herz sträubte sich, so etwas anzunehmen. Dennoch fühlte sich Thomas, als hätte man ihm einen Klumpen Schmutz ins klare Wasser geworfen...

Und was war eigentlich mit Elvira? Konnte sie nicht behauptet haben, er wäre noch dagewesen, als sie nach Hause ging? Und dass sie Eva nicht mochte, war mittlerweile selbst ihm klar geworden. Aber deswegen ihn und Eva so beschuldigen? Ihre übereifrige Tratscherei war ja eine Sache, aber so etwas? Mit welchem Motiv? Ihm wurde ein wenig flau bei dem Gedanken, dass eine Mitarbeiterin, der er mal vertraut hatte, vielleicht zu solchen Beschuldigungen fähig sein könnte. Könnte... bewiesen war nichts.

Aber wer dann? Hartmut etwa? Er hasste sich selbst für sein Misstrauen all den anderen gegenüber, aber einer musste doch hier seine Finger im Spiel haben...

Damit war Thomas genauso weit mit seinen Folgerungen wie vorher, und das machte ihn wahnsinnig. Seit zwei Tagen stand quasi alles in seinem Leben Kopf und er konnte nichts dagegen tun!

Kurz entschlossen öffnete er seine Sporttasche, die er immer in seinem Büro stehen hatte, und nahm seine

Lauf-Utensilien heraus, um sich im Waschraum umzuziehen. Termine hatte er heute sowieso keine mehr und Überstunden besass er mehr als genug... Vielleicht bekam er mit einem knackigen Lauf durch den Wald einen klareren Kopf...

Eva war derweil bei ihrer Freundin Tugba angelangt und sass schniefend auf ihrem grossen, weissen Ecksofa. Tugba baute einen Teller mit herrlich süssem Baklava-Gebäck - „Nervennahrung" - wie sie lächelte, und eine grosse Kanne türkischen Tee vor ihnen auf dem Tisch auf. Sie drückte Eva ein heisses, gefülltes Glas-Tässchen in die Hand und setzte sich neben ihre Freundin, legte mitfühlend den Arm um sie, während sie sagte:

„So, Hase, nun erzähl mal ganz von vorne, was ist denn los?"

„Ach, ich weiss gar nicht, wo ich anfangen soll..."
Nach und nach berichtete Eva, wie Hoffmann sie heute morgen angerufen hatte, von dem zermürbenden Gespräch mit ihm mit der Todesnachricht und seinem Verdacht, von der zuerst so süßen und dann doch missratenen Begegnung mit Thomas und zuletzt, wie sie mit Elvira zusammen getroffen war.
Tugba stützte bei ihren Worten ihren Kopf auf ihre linke Hand, während sie mit der rechten durch ihre langen schwarzen Haare strich. Ihre dunklen Augen wurden immer grösser, je länger Eva erzählte.

„Oh je, das ist ja mal ein wirklich krasser Tag!! Aber eigentlich kann doch der Kommissar denken was er will, denn nie und nimmer hast du was damit zu tun, das ist ja klar. Ausserdem warst du definitiv zu Hause, wir haben ja noch telefoniert an dem Abend! Das kann ich dem auch sagen, wenn du willst!"

„Hm, also, ich weiss nicht, wie ich sagen soll...", Eva wurde ein wenig rot, ich war nicht nur zu Hause..."

„Versteh' ich nicht. Du warst doch dabei, 'n Glas Wein zu trinken, hast du gesagt..."

„Ja, das stimmt auch. Ich war halt etwas beschwipst und da baut man manchmal ein bisschen Mist... ich hab mich dadurch, dass ich Thomas wiedergesehen hab, nur noch mehr verliebt gefühlt. Ich dachte, vielleicht, wenn ich noch mal hinfahre, kann ich ihn erwischen, wenn er Feierabend macht. Damit wir endlich mal reden und vielleicht was klären können. Ich dachte, erst recht nach unserer Begegnung mittags, dass wir irgendwie doch noch zusammen finden können - allein schon so wie der geguckt hat! Und was die Dozentin gesagt hat... Da bin ich halt trotz Wein ins Auto gestiegen, aber als ich hinkam, war sein Auto schon weg..."

„Aber das hast du dem Kommissar nicht erzählt, oder?"

„Nein, ich hab nur das mit dem zu Hause auf der Terrasse Wein trinken gesagt. Er fing dann gleich mit der Affäre an, und ich wurde immer wütender, und er hatte doch eh schon seinen Verdacht. Wenn ich das dann auch noch sage, denkt er erst recht, ich hab was damit zu tun. Ausserdem war mir die Aktion total peinlich, weisst du, so als wenn ich 'ne Stalkerin wäre oder so."

„Hase, ich glaub' du musst ihm das trotzdem sagen. Das ist besser, als wenn es irgendwann ohne deine Aussage rauskommt, dann hast du noch mehr Probleme. Vielleicht hat dich ja jemand gesehen."

„Mann, ist das peinlich. Ich schäme mich total. Die lachen sich doch kaputt über mich, vor allem die Brockhaus, die alte Schnepfe..."

„Ist doch egal, Hauptsache du klärst das mit der Polizei. Das wird schon wieder... wenn Du willst, fahre ich mit dir dahin, so als moralische Unterstützung, okay?"

„Das wäre ja genial, ich glaub' alleine packe ich das nicht!" Dankbar lächelte Eva die Freundin an, und sie überlegten nun gemeinsam, wann und wie sie ihr „Geständnis" an den Mann bringen wollte.

Eva hatte sich spontan dafür entschieden, statt zur BAM zu fahren, den Kommissar lieber noch am gleichen Tag direkt von Tugba's Wohnung aus anzurufen. Seine Reaktion fiel allerdings nicht so positiv aus, wie sie sich erhofft hatte.

„Haben Sie also entschieden, dass es taktisch klüger ist, mir das zu sagen, Frau Stark?" „Wieso „taktisch klüger"? Ich verstehe nicht..."

„Denken Sie, ich wusste nicht, dass Sie da waren? Warum sonst wäre ich wohl auf den Gedanken gekommen, dass Sie was mit dem Mord zu tun haben? Ihre Liaison mit Herrn Feldmann reicht für einen Verdacht nicht ganz aus, aber dadurch dass Sie an besagtem Abend vor Ort waren, liegt der Gedanke doch recht nahe, meinen Sie nicht?"

„Aber Herr Hoffmann, noch mal, warum sollte ich Frau Rieger denn so etwas grausames antun? Ich mochte sie total gerne, wir haben uns oft und intensiv unterhalten, das war fast freundschaftlich!"

„Das habe ich Ihnen doch schonmal erklärt, sie ist hinter Ihre Affäre gekommen und deswegen mussten Sie dafür sorgen, dass sie die Klappe hält. Und Herr Feldmann deckt sie, weil er unsterblich in Sie verliebt ist. Oder Sie waren es beide, um Ihren und vor allem seinen Ruf zu schützen. Der einzige Grund, warum Sie beide noch nicht in Untersuchungshaft sitzen ist, dass ich keine Beweise habe, es steht Aussage gegen Aussage, momentan noch."

„Wie oft denn noch, Thomas und ich haben keine Affäre, wir hatten nichts miteinander! Dass wir Gefühle für einander haben, heisst doch nicht automatisch, dass wir deswegen gleich..."

„Soso, „Thomas" " unterbrach Hoffmann, „jetzt haben Sie sich aber schon verraten! Dass Sie ihn beim Vornamen nennen... das tut man doch eigentlich nur, wenn man sehr vertraut miteinander ist, nicht? Aber heute morgen haben Sie ja auch schon ganz eng miteinander gekuschelt..."

„Was soll das alles nur? Ich bin noch so ehrlich zu Ihnen und sage freiwillig und obwohl es mir unendlich peinlich ist, dass ich dort war, damit Sie mir endlich glauben – und was machen Sie? Sie beschuldigen mich nur noch mehr!"

Eva verlor bei diesen Worten endgültig die Fassung und sie begann zu weinen. Hoffmann blieb jedoch völlig ungerührt, fügte aber auch keinen Kommentar mehr dazu, sondern verabschiedete sich kurz und knapp. Eva liess ihr Handy sinken und sah Tugba, die das Gespräch mit wachsendem Entsetzen mit angehört hatte, nur mit hängenden Schultern resigniert an.

Thomas vergrub liebevoll seine Finger in Eva's kinnlangen gewellten Haaren, während seine Augen voller Wärme und Sehnsucht in ihren versanken. Sie schlang ihre Arme um seine Taille und gab seinen Blick mit einer Intensität zurück, die seinen Körper mit einem wohligen Schauer durchrieselte. Er neigte seinen Kopf tiefer und seine Lippen berührten ganz leicht die ihren. Sie schmiegte sich daraufhin noch enger an ihn und küsste ihn mit der gleichen Leidenschaft, mit der er es erwiderte...

In diesem Moment begann das Smartphone in der Tasche seiner Laufjacke zu vibrieren und Thomas fand sich auf einer Bank im Wald wieder, als er seine Augen erschrocken aufschlug. Er hatte sich doch nur kurz ausruhen wollen... Die Nummer des Sekretariates blinkte im Display, er hob ab und Elvira's Stimme richtete ihm hastig von Hoffmann aus, dass er ihn umgehend zu sprechen wünsche. Widerwillig erhob sich Thomas und machte sich auf den Rückweg zur BAM.

Ohne sich vorher noch frisch zu machen, begab sich Thomas direkt zu Hoffmann, der schon ungeduldig zu warten schien. Sollte er doch ruhig ein wenig streng nach Schweiss duften, dachte Thomas mit einem leicht gehässigen Grinsen. Was der Kommissar allerdings zu berichten hatte, vertrieb ihm jedoch sehr schnell sein Lächeln.

„Was sagen Sie da? Eva war an dem Abend tatsächlich in der Nähe? Wieso denn? Ich dachte, diese Behauptung wäre nur eine Provokation von Ihnen! Und wieso habe ich sie dann nicht gesehen?"

„Wer sagt denn, dass sie beide sich nicht getroffen haben? Frau Stark behauptet zwar steif und fest, dass sie Sie sehen wollte, Sie aber schon weg gewesen seien. Ich gehe jedoch davon aus, dass sie beide mal wieder die Finger nicht von einander lassen konnten und Frau Rieger diesmal in die Quere gekommen ist!"

„Das wird ja immer sensationeller hier! Herr Hoffmann, wenn sie so denken, können Sie uns doch gleich ins Gefängnis stecken, oder? Ach, ich vergass, Sie müssen es ja erst noch beweisen. Wissen Sie was, ich verzichte auf eine Entgegnung, Sie glauben mir ja sowieso nicht. Und wenn Frau Stark zehnmal hier war, wir haben nichts mit Silvia's Tod zu tun!"

„Ja ja ja, das Thema hatten wir schon, Herr Feldmann. Denken Sie einfach mal in Ruhe über alles, was ich Ihnen gesagt habe, nach. Und dann überlegen Sie, ob Sie mir nicht doch etwas Neues mitteilen möchten." Thomas schüttelte energisch den Kopf.

„Nein, ich habe Ihnen nichts zu sagen, weder jetzt noch später. Das ist einfach die Wahrheit, auch wenn es Ihnen nicht passt."

„Sie nehmen den Mund für Ihre angespannte Lage ganz schon voll, Herr Feldmann. Aber wie auch immer, ich überlasse Sie jetzt erstmal ihrer Arbeit. Oder Frau Stark... oder so! Und, kleiner Tipp, vielleicht sollten Sie hin und wieder mal eine Dusche nehmen! Auf Wiedersehen!"

Thomas funkelte ihn nur stumm an. „Auf Nimmerwiedersehen wär' mir entschieden lieber...!" fügte er halblaut hinzu, als Hoffmann das Büro verlassen hatte. „Allmählich entwickelt der sich echt zu einer Plage. Als wenn nicht auch ohne ihn mein Leben schon kompliziert genug wäre..."

Eva sass immer noch bei ihrer Freundin auf dem Sofa, es war inzwischen mitten am Nachmittag. Sie hatte ihre Beine auf die Sitzfläche hochgezogen und ihre Arme um die Knie geschlungen. Sie starrte trübsinnig auf das Holzmuster im Laminatboden und sah auf, als Tugba mit einer frischen Kanne Tee das Wohnzimmer betrat.

„Ach Tugba, ich weiss einfach nicht mehr weiter. Ich bin so schrecklich verliebt in Thomas und ich wünsche mir nichts sehnlicher, als dass wir endlich zusammenkommen. Kann er denn nicht endlich mal in die Puschen kommen? Ich sehe ihm doch an, was er für mich empfindet, ich bilde mir das nicht ein, ehrlich!"

„Das weiss ich doch, Hase, ich kenne dich wirklich lang genug."

„Aber jedes mal, wenn ich denke, jetzt passiert mal etwas, jetzt kommt er vielleicht auf mich zu, geht was schief."

„Ja, irgendwie ist es wie verhext. Erst mischt sich diese komische Sekretärin ein, und er kriegt kalte Füsse, dann der Tod deiner Lehrerin, euer Missverständnis heute..."

„Na ja, Missverständnis... vermutlich hab ich ihm wohl schon Unrecht getan mit meiner Unterstellung wegen dem Anrufen. Oder aber er ist halt doch nicht so warmherzig, wie ich immer dachte. Hey, aber mal abgesehen von Frau Rieger, warum hat er sich denn die ganze Zeit nie gemeldet, nicht ein einziges Mal? Wenigstens nur mal Reden... sag mir das doch mal!"

„Ach Hase, du weisst doch was alles schief gelaufen ist mit den Briefen, und ich will ihn auch nicht in Schutz nehmen, aber dass er vielleicht längere Zeit braucht, eine Entscheidung zu fällen, ist doch in seiner Lage schon halbwegs verständlich. Er ist halt ein Kerl, und die brauchen oft länger, bis sie wissen was sie wollen oder bis sie es umsetzen. Die kriegen noch gefühlte hundertmal „kalte Füsse" oder machen sich lange selbst was vor, bis sie dann endlich mal handeln. Du machst dir viel zu viel Gedanken über ihn. Und du bist einfach viel zu ungeduldig, glaube ich..."

„Hm, Geduld war noch nie meine Stärke...!"

„Wie hat deine Freundin von der BAM immer gesagt... Geduld bringt Rosen...!"
Eva musste wider ihren Willen lächeln bei Tugba's Worten.

„Ruh dich jetzt erstmal ein bisschen aus, Süsse, und dann sehen wir weiter..."
Dankbar für Tugba's liebevolle Fürsorge schloss Eva erschöpft ihre müden und verquollenen Augen und rollte sich auf dem Sofa zusammen, während Tugba noch sorgsam eine Fleece - Decke über sie breitete.

Eva genoss es unendlich zu spüren wie Thomas liebevoll seine Finger in ihren Haaren vergrub, während seine Augen voller Wärme und Sehnsucht in ihren versanken. Sie schlang ihre Arme um seine Taille und gab seinen Blick mit aller Intensität zurück, zu der sie fähig war. Ihm so nahe zu sein, liess sie wohlig erschauern. Er neigte seinen Kopf tiefer und seine Lippen berührten ganz leicht die ihren. Sie schmiegte sich daraufhin noch enger an ihn und küsste ihn mit der gleichen Leidenschaft, mit der er es erwiderte... als ein seltsames Vibrieren an ihrem Unterarm sie aufschreckte...

Mit einem Poltern fiel Evas Handy von Tugba's Sofa auf den Boden, während es aufdringlich weiter vibrierte. Eva richtete sich verschlafen auf, rieb sich die Augen und bückte sich nach dem Telefon. Schon wieder die BAM! Ihr Bedarf an Ärger war für heute eigentlich gedeckt, zumal sie sich nicht sicher war, wie sie mit dem Verdacht des Kommissars weiter umgehen sollte.

Am liebsten würde sie den Anruf ignorieren, doch schlimmer konnte es ja eigentlich auch schon nicht mehr kommen. Mit einem grimmigen Lächeln nahm sie den Anruf an: „Eva Stark..." Sie hörte, wie sich am anderen Apparat jemand räusperte und tief durchatmete.

„Hi, Eva... Thomas Feldmann hier..."
Jetzt war es an Eva, tief durchzuatmen. Ausgerechnet Thomas's Stimme zu hören, damit hatte sie als allerletztes gerechnet!

„Hi... Thomas!" gab sie etwas zögerlich zurück. Sie hatte keine Ahnung was sie erwarten sollte.

„Tja, also, ich würde gerne mit Dir..., äh, Ihnen..., ach egal, ich finde wir sollten dringend mal miteinander reden. Könnten wir uns vielleicht sehen oder so? Das wäre echt super, allmählich herrscht solch ein Durcheinander, und ich dachte, vielleicht können wir etwas Klarheit reinbringen?"

Eva's Herz schlug automatisch etwas höher bei Thomas's Worten, wobei sie sich nicht sicher war, ob er nun ihre persönlichen Verwicklungen meinte oder das Chaos um Silvia's Tod. Oder beides?

„Reden klingt ganz gut... Wann und vor allem wo sollen wir uns denn treffen?"

„Hm, ich überlege grade, ob es schlau ist, uns an der BAM zu sehen, obwohl es ja am einfachsten wäre."

„Da denkt doch eh schon jeder, wir hätten eine Affäre, oder?" Sie mussten bei Evas Worten beide leise lachen. „Dann macht es auch schon nichts mehr aus, wenn wir uns dort treffen, finde ich!" hängte sie noch daran.

„Gut, dann machen wir das so. Wie wär's mit übermorgen, um 12 Uhr in meinem Büro? Weil morgen bin ich ausser Haus auf Tagung..."

„Ja, in Ordnung, kein Problem. Ich bin pünktlich da. Bis dann!"

„Ja, bis übermorgen..."
Sowohl Eva als auch Thomas hängten leise noch ein „ich freu' mich ..." daran, zu dumm, dass sie da beide schon aufgelegt hatten...

„Eva hat ein Date, Eva hat ein Date..." sang Tugba spitzbübisch vor sich hin und grinste die Freundin fröhlich an. Eva konnte Tugba's Euphorie allerdings nicht wirklich teilen. Sie hatte ein absolut merkwürdiges Gefühl mit diesem Treffen, was natürlich auch daran liegen konnte, dass zuletzt immer etwas schief gelaufen war, wenn sie mit der BAM zu tun gehabt hatte. Ein Teil von ihr konnte irgendwie einfach nicht mehr daran glauben, dass zwischen Thomas und ihr etwas anderes als Missverständnisse oder Schmerz passieren würde, auch wenn sie sich jeden Tag etwas anderes erträumte. Wahrscheinlich würde es auch jetzt wieder auf so etwas hinauslaufen. Dennoch konnte sie nicht leugnen, dass sie sich trotzdem Hoffnungen machte...

Hartmut sass am gleichen Nachmittag gedankenverloren in seinem Büro. Seine Blicke schweiften über seine vielen Grünpflanzen hinweg zum Fenster hinaus. Silvia hatte sie immer ein wenig spöttisch als seinen Dschungel bezeichnet, was ihn, wenn er ehrlich war, schon irgendwie gefuchst hatte.

Nun würde er sich das nie mehr anhören müssen... er hätte nicht gedacht, dass er das mal vermissen würde... Zu Lebzeiten war ihm Silvia immer einen Tick zu unkonventionell und direkt gewesen, irgendwie hatte sie das Talent besessen, ihn ungewollt auf die Palme zu bringen, auch wenn er sie im Grunde schon sympathisch fand. Jetzt würde er alles da- für geben, sich das wieder alles antun zu dürfen, wenn er damit nur dieses Bild mit ihrem leichenblassen Gesicht aus dem Kopf bekäme...

Thomas war ja blendend mit Silvia ausgekommen, und er hatte das Gefühl, dass Thomas ihr ziemlich vertraut hatte. Das gab Hartmut einen kleinen Stich, er wäre eigentlich auch ganz gerne derjenige, dem Thomas so vertraute. Als Thomas damals als Dozent an der BAM angefangen hatte, hatte er ihn mit seiner fröhlichen, unkomplizierten Art, die seiner Intelligenz keinen Abbruch tat, sofort ins Herz geschlossen. Sie verstanden sich gut miteinander, aber mit Silvia hatte Thomas einfach die engere Kameradschaft verbunden, musste sich Hartmut mit einer deutlichen Spur von Eifersucht eingestehen.

Dass Thomas besonders warmherzig mit ihm umging, seit er Silvia an jenem Morgen aufgefunden hatte, tat Hartmut richtig gut, so wie heute vormittag, als Thomas zu ihm und Elvira in die Küche gestossen war.

Tja, Elvira... das war auch so ein Thema... heute morgen hatte sie gerade ein paar unschöne Worte über Eva Stark ausgesprochen, bevor Thomas erschien. Vielleicht war es nur Ausdruck ihrer Antipathie gegen Eva, aber sie brachte sie tatsächlich irgendwie mit Silvia's Tod in Verbindung.

Er konnte diese Meinung nicht teilen, allerdings kannte er Eva im Grunde auch nicht sehr gut. Wie Silvia hatte er sie zwar in seinem Kurs gehabt, nur wesentlich kürzer. Er war mit Eva gut ausgekommen und hatte sie eigentlich als herzlich, humorvoll und wohl auch clever eingeschätzt. Nun, manche fanden sie sicher attraktiv, aber diese Einschätzung von Eva fiel jetzt doch eher in Thomas's Ressort...

Ein Schmunzeln breitete sich bei diesem Gedanken in seinem Gesicht aus, er hatte schon ziemlich früh bemerkt, wie sich zwischen den beiden diese verliebte Anziehung ausbreitete, wahrscheinlich schon, bevor es ihnen überhaupt selbst klar geworden war. Er hatte den ein oder anderen sehnsüchtigen intensiven Blick zwischen Eva und Thomas aufgefangen.

Im Grunde genommen hätte er den beiden einen positiveren Verlauf gegönnt, den allerdings hatte Elvira durch ihre Indiskretion ziemlich torpediert. Er hatte keine Achtung vor einem solchen Verhalten, doch hatte er sich aus dieser Geschichte komplett herausgehalten. Weder was die Umstände um die beiden betraf noch was Elvira's Verhalten betraf, ging ihn tatsächlich etwas an, er wollte da nicht bewerten oder sich als Richter aufspielen.

Während seine Gedanken weiter um dieses Thema geisterten, klopfte es an der Büro-Tür und Kommissar Hoffmann trat ein.

„Darf ich Sie einmal stören, Herr Gundlach, ich möchte noch mal etwas genauer ihre Sicht zu manchen Fragen bezüglich Frau Rieger erfahren!"

„Natürlich, selbstverständlich. Nehmen Sie bitte Platz!" Hartmut rückte ihm dienstbeflissen einen Stuhl an seinen Schreibtisch und setzte sich dann selbst dem Kommissar gegenüber.

„Was möchten Sie denn wissen?"

Nachdem Thomas nach dem Telefonat mit Eva aufgelegt hatte, zog er nachdenklich die Schublade auf, wo er das von ihr angefertigte Bild aufbewahrte. Sie hatte schon Talent, dachte er, abstrakt und doch gegenständlich, leuchtende Kontraste zwischen warmen und kühlen Farben machten das Bild zu einer lebendigen Aussage. „Die offene Tür" hatte sie es genannt und sich dabei vielleicht gewünscht, mit ihm durch diese offene Tür zu gehen... sie wollte es nach seiner Zurückweisung ja eigentlich zurück haben, also schon seit über zwei Monaten. Doch das Bild berührte ihn immer wieder und so hatte er es einfach noch eine Weile behalten.

Als er es aber heute betrachtete, mischte sich zusehends wieder eine Art Panik in seine Gedanken. Die Verabredung mit ihr war irgendwie plötzlich keine gute Idee mehr in seinen Augen. Gut, er wollte auch mit ihr besprechen, wie sie weiter in Sachen Kommissar Hoffmann vorgehen sollten. Aber was, wenn sie sich beide plötzlich einander in den Armen lägen wie in seiner Traum-Phantasie heute auf der Bank im Wald? Wollte er denn wirklich diesen Schritt jetzt machen? Wollte er sie wirklich, mit Haut und Haaren, mit allen Konsequenzen? Anziehung war genügend vorhanden, kein Zweifel, und sie hatten auch zu BAM-Zeiten einen humorvoll kameradschaftlichen Umgang, sie teilten jede Menge Interessen, aber wie gut kannte er sie denn schon? Was hatte sie tatsächlich für einen Charakter, konnte er sich nicht auch gewaltig in ihr täuschen? Liebte sie ihn überhaupt wirklich? Das wusste er alles nicht genau, aber wie auch, er hatte selber in seiner Panik jeglichen Kontakt mit ihr vehement abgeblockt, sie hatte ja den Austausch schon gewollt. Vielleicht hatte sie sich aber in diesen ganzen Monaten auch schon längst von ihm entfernt... ein Wunder wäre es nicht, vor allem im Hinblick darauf, wie er sich verhalten hatte. Aber war das dann überhaupt diese ganzen Umwälzungen wert?

Nun, seine Ehe war tatsächlich leer, und das hatte nichts, aber auch gar nichts mit Eva zu tun. Im Gegenteil, ohne diese Leere hätte er sich wohl gar nicht erst für Eva begeistern können. Aber hätte er nicht noch mehr um die Ehe kämpfen müssen, bevor er alles umwarf, was einige Jahre Normalität und damit auch Stabilität für ihn war? Okay, er dachte schon bevor er sie kennengelernt hatte, häufiger darüber nach, wie es um diese Ehe stand, hatte diese Gedanken jedoch immer als undenkbar wieder weggeschoben. Aber durch die Begegnung mit Eva war es ihm alles viel bewusster geworden. Und wofür und warum kämpfen, wenn er doch eigentlich längst wusste, dass sein Herz bei Eva war?

Er hasste es, dass sich das alles so mit seinen Gedanken an Eva vermischte, es kam ihm vor, als könne er deswegen nicht richtig neutral sein. Er hätte niemals unter diesen emotionalen Extremen seine Entscheidung treffen sollen... und vor allem nicht umsetzen, egal, wie lange er all diese Überlegungen schon mit sich herumtrug.

So ein Mist, jetzt stellte er seine eigene mühsam gefällte Entscheidung schon nach so kurzer Zeit wieder in Frage... und das wohl bekannte Gedankenkarussell nahm erneut volle Fahrt auf!

Diese verfahrene Sache barg einen ganz schönen Druck in sich, der ihn schlichtweg nur noch nervte, ja sogar wieder einmal richtig wütend machte.

Und wenn er hundertmal ahnte oder wusste, dass er seine Entscheidung instinktiv schon getroffen hatte - er wollte auch, dass sie unanfechtbar und glasklar war!! Vor sich selbst und vor allen anderen - und dafür brauchte er einfach noch viel mehr Zeit, noch mehr ruhige Sicherheit in seinen Gedanken, und sollte es noch weitere Tage, Wochen, oder vielleicht Monate dauern...

Wenn er schon etwas Derartiges tat, wollte er einfach einen ganz klaren Schnitt zwischen seiner Vergangenheit und seiner Zukunft. Aber das fand er nur ohne zusätzliche Ablenkung durch Eva, ohne ihre großen und warmen blauen Augen - und ohne ihr Bild!

Er nahm Evas Bild, sah es noch einmal lange an und betrat dann durch seine Seitentüre das Sekretariat. Mit einem leichten Zögern und einem wehmütigen Gesichtsausdruck reichte er Elvira die Zeichnung und bat sie, es an Eva zurückzusenden. Elvira sah überrascht auf das Bild und dann mit zu schmalen Schlitzen verengten Augen zu Thomas auf.

„Wie, du hattest das Bild noch? Ich dachte, das wäre damals gleich von den Kolleginnen weggeschickt worden... was wolltest du denn so lang damit?"

„Und ruf Frau Stark bitte an, dass ich den Termin übermorgen leider absagen muss."

„Du hattest einen Termin mit ihr gemacht? Das Bild war noch bei Dir? Wieso weiss ich das denn alles nicht?"

„Sei so gut und tu einfach, worum ich gebeten habe, okay?" Müde drehte sich Thomas mit diesen Worten um, verliess den Raum und schloss leise seine Bürotür hinter sich.

Nach dem Gespräch mit Tugba fuhr Eva mit einer Mischung aus Vorfreude und Unsicherheit nach Hause. Nahm diese Unklarheit denn nie ein Ende? Ihr Bauchgefühl sagte ihr immer wieder, dass diese Geschichte noch lange nicht zu Ende war und es sich lohnte, noch Geduld zu haben. Geduld, jaja..., gleichzeitig kostete sie es so viel Kraft, sich Tag für Tag gegen Zweifel und Rückschläge zu wappnen.

Was auch immer sie tat, sie ging mit dem Gedanken an Thomas schlafen und wachte auch mit seinem Bild vor Augen wieder auf. Es ging ihr ziemlich gegen den Strich, dass diese Gefühle soviel Raum einnahmen in ihrem Leben. Wehren konnte sie sich dennoch nicht dagegen.

Zwei Tage später ging sie an ihren Briefkasten und fand zwei Umschläge darin. Einer enthielt eine Absage auf eine ihrer unzähligen Bewerbungen, was sie schon irgendwie traf, auch wenn sie jeden Tag mit so etwas rechnete. Der zweite trug den Poststempel der BAM und Eva war sofort klar, was er enthielt – ihr Bild! Auch wenn sie in dem Moment wusste, dass das ja nur die Erfüllung ihrer Bitte mit zweimonatiger Verspätung war, traf es sie mitten ins Herz. Sie wusste, es war für den Ausgang ihrer Liebesgeschichte komplett bedeutungslos, und dennoch – dieses Bild wieder in den Händen zu halten, fühlte sich wie eine erneute Zurückweisung an. Wie oft wollte sie denn noch Tränen vergiessen wegen Thomas und seiner zögerlichen Haltung? Wie lang wollte er denn noch seine Entscheidung hinauszuziehen? Würde er je zu seinen Gefühlen für sie stehen? Konnte denn nichts in ihrem Leben einfach mal auf etwas Positives hinauslaufen?

Als später an diesem Vormittag Frau Brockhaus noch anrief und ihr mit unüberhörbarem Triumph in der Stimme den Termin mit Thomas absagte, war sie nicht überrascht und nichtsdestotrotz gab es ihrer Stimmung den Rest.

Eva liess sich nun ungebremst in diese Zweifel und Bitterkeit hineinfallen, sie bemerkte nicht, dass sie damit der Realität ziemlich unrecht tat und eine Bedeutung in die Rücksendung hineinlegte, die ihr nicht zukam.

All ihre anderen Probleme und Rückschläge, projizierte sie in diesem Moment in ihre Liebe zu Thomas und die unmögliche Erwartung, dass deren Erfüllung alles andere wettmachte. Doch nach und nach wurde ihr bewusst, dass ihre Ungeduld und ihre überstrapazierten Nerven ihr hier ein weiteres Mal einen Streich spielten. Schritt für Schritt fanden wieder die vielen süssen Momente in Thomas's Nähe, seine Blicke und seine Körpersprache und was noch alles daraus werden könnte, in ihr Gedächtnis.

Elvira Brockhaus rutschte unruhig und missmutig auf ihrem Drehstuhl hin und her. Der Anruf bei Eva Stark hatte ihr zwar ein gewisses Gefühl von Befriedigung verschafft, konnte jedoch nicht wegwischen, was sie bei Thomas wieder einmal wahrnehmen musste. Sie hatte genau gesehen, dass es ihm schwer fiel, das Bild von Eva aus der Hand zu geben, und der Blick dabei aus seinen Augen hatte sehr deutlich gemacht, dass dies keineswegs das Ende seiner Gefühle für sie beinhaltete. Irgendwie hatte Elvira das Gefühl, dass sich hier irgendetwas zuspitzte, und es behagte ihr überhaupt nicht.

Ebenso wenig gefiel ihr, dass sich sogar Hartmut nicht gerade zustimmend verhalten hatte, als sie kürzlich in der Küche versucht hatte, ein wenig sein positives Bild von Eva zu erschüttern. Elvira wurde langsam bewusst, dass sie an Sympathie eindeutig verloren hatte im Kollegium, seit sie die Brief-Geschichte so breitgetreten hatte. Und Eva lief trotzdem noch an der BAM herum, starrte Thomas an – und er starrte auch noch zurück! Eigentlich hatte sich trotz allem nichts geändert, eher noch intensiviert.

Das einzig Positive war, dass dieser Kommissar Eva im Verdacht hatte, etwas mit Silvia's Tod zu tun zu haben, und das gedachte sich Elvira zu nutze zu machen. Mittlerweile wurmte sie Thomas's Verhalten fast ebenso wie Evas, deswegen störte es sie überhaupt nicht, dass Hoffmann auch Thomas in seinen Verdacht mit einbezog.

Es wurde Zeit, dass er mal begriff, dass ihm diese Frau nicht gut tat, und wenn der Verdacht der Preis war – na gut. Wenn nur Eva endlich aufhören würde, hier alles durcheinander zu bringen, könnte alles wieder wie früher werden, so dachte Elvira. Sie erhob sich, um den Stapel geöffneter Post, der für Thomas bestimmt war, auf seinem Schreibtisch abzulegen. Er selbst schien gerade seine Frühstückspause zu geniessen – auch gut, Elvira war sowieso gerade zu genervt, um ihm unter die Augen zu treten.

Kommissar Hoffmann lehnte sich währenddessen auf seinem Stuhl in Hartmuts Büro zurück, und sah diesen aufmerksam an, während er Luft holte für seine erste Frage:

„Herr Gundlach, ich möchte sie nach ihrem Eindruck fragen, den Sie von Frau Stark haben. Sie war ja auch mal Ihre Schülerin, genau wie die von Frau Rieger."

„Nun, im Unterricht war sie ziemlich aufmerksam und interessiert, und ich habe mit bekommen, dass sie mit sehr guten Noten aus dem Lehrgang gekommen ist."

„Ich habe eigentlich so eher auf ihre Charakterzüge abgezielt..."

„Ach so, ja, hm... also, ich fand sie immer sehr höflich, und sie hat gerne gelacht oder andere zum Lachen gebracht, zum Beispiel!"

„Ging das auf Kosten anderer?"

„Nein, zumindest habe ich das nie erlebt. Hm, hin und wieder konnte sie auch recht stur sein, und etwas ungeduldig vielleicht auch."

„Hat sie denn viel geflirtet, zum Beispiel in der Klasse oder in der Pause, oder so?"

„Also, aufgeschlossen und herzlich war sie schon, denke ich. Aber flirten? Ich weiss nicht recht. Ich hätte es jetzt nicht so bezeichnet."

„Wie hat sie sich männlichen Dozenten gegenüber verhalten? Gab es da irgendwelche Ungereimtheiten?"

„Ich kann mich nicht erinnern, etwas unkorrektes in der Richtung wahrgenommen zu haben. Und wenn sie auf ihre beiden Briefe an Thomas Feldmann anspielen, das war erst nach ihrer Zeit an der BAM!"

„Briefe an Herrn Feldmann, soso..."
Hoffmanns Augen blitzten mit plötzlichem Interesse auf. Da war er ja unvermutet auf eine neue, womöglich nicht ganz unwichtige Information gestossen!
Hartmut wurde ein wenig blass um die Nasenspitze, als ihm klar wurde, das Hoffmann von den Briefen offensichtlich noch gar nichts wusste, und er war auch intelligent genug zu begreifen, dass er Thomas damit wahrscheinlich keinen so guten Dienst erwiesen hatte.

„Was stand denn so in den Briefen, wissen sie das?"

„Ääh, ich weiss es eher nur vom Hörensagen. Es ist besser, Sie fragen Herrn Feldmann selber, bevor ich etwas falsches sage."

„Ich kann mir ungefähr denken, in welche Richtung der Inhalt ging, aber ich werde Herrn Feldmann definitiv danach fragen. Doch woher kam denn dieses Hörensagen, Herr Gundlach?"

„Herr Kommissar, ich will doch hier gar nicht alles an Klatsch und Tratsch weitergeben, muss das denn sein?" wand sich Hartmut, ihm war äusserst unbehaglich zumute in dieser Situation, in die er sich ungewollt hinein geredet hatte.

„Denken Sie an Ihre Kollegin, die Sie gefunden haben! Dann fällt es ihnen vielleicht leichter, weiter zu berichten...“

„Okay, Frau Brockhaus kennt die Details aus Frau Stark's Briefen, und sie hat... also... ääähm...“

„Ja? Sie hat...?“

"Ich will aber niemand schlecht machen...“

„Also, Herr Gundlach, ich entnehme Ihren ausweichenden Worten, dass sich Frau Brockhaus sozusagen als „Buschtrommel“ in der BAM betätigt hat!“

„Ja, so kann man es schon ausdrücken... sie hat halt den Inhalt in der BAM verbreitet. Es gab ziemlich viel Aufregung deswegen.“

„Gab es an der BAM mal Zusammenstösse zwischen Frau Brockhaus und Frau Stark? Ich meine, vor den Briefen?“

„Nein, soweit ich das überhaupt mitbekommen konnte.“

„Nun, Herr Gundlach, für heute erst mal Danke für Ihre Informationen, ich melde mich eventuell noch mal bei Ihnen, wenn ich noch mehr wissen möchte. Einen angenehmen Tag wünsche ich noch!“

Bedeutend besser gelaunt als Hartmut verliess Hoffmann dessen Büro. Da schien er jetzt vielleicht doch endlich mal auf eine neue Spur zu stossen...

Diese ominösen Briefe könnten doch vielleicht einen Hinweis darauf liefern, was zwischen Frau Stark und Herrn Feldmann eventuell schon abgelaufen war. Und irgendwie war ihm auch noch nicht ganz klar, warum Frau Brockhaus ein solches Interesse daran hatte, sowohl an den Briefen als auch an dem Verhältnis zwischen den beiden überhaupt. Und dann musste er klären, inwieweit das tatsächlich überhaupt etwas mit Silvia Rieger zu tun hatte, bisher war es nur sein Instinkt, der dort einen Zusammenhang sah.

Eva wunderte sich fast ein bisschen, dass sie seit drei Tagen nichts mehr von Hoffmann gehört hatte. Ob er seinen bizarren Verdacht vielleicht doch ad acta gelegt hatte? Heute wollte sie sich ja wieder mit drei ihrer Kolleginnen an der BAM treffen, und sie freute sich normalerweise jedes mal sehr auf diese Treffen, und insgeheim genoss sie das natürlich. auch, weil sie jedes mal hoffte, Thomas zu sehen oder dass er womöglich doch mal dort auf sie zugehen würde...

Aber diesmal... diesmal war Frau Rieger tot. Die Mädels würden bestimmt sehr geschockt sein, wenn sie ihnen davon berichtete. Ob sie ihre eigene „Verwicklung" darin auch berichten sollte? Ob das Hoffmann recht war? Egal, sein Problem, dachte Eva trotzig. Und was Thomas anging, dass zwischen ihnen beiden etwas in der Luft lag, war sowieso ein offenes Geheimnis, da konnte sie nicht mehr viel verraten. Also warum nicht versuchen, das Treffen trotz allem doch ein wenig zu geniessen...

Und so fuhr Eva wenig später mit ziemlich gemischten Gefühlen los in Richtung BAM. Als sie dann kurz nach 11 Uhr mit zwei Mädels quasi wie früher auf dem Parkplatz vor den Fenstern der BAM- Verwaltung stand, wurde ihr erneut bewusst, dass sie nie wieder hier auf Frau Rieger's Raucherpause warten würden. Irgendwie wollte ihr das immer noch nicht in den Kopf, so unwirklich erschien ihr das ganze Geschehen. Doch so traurig sie das alles stimmte, konnte Eva sich trotzdem des Gedankens und der Hoffnung nicht erwehren, Thomas über den Weg zu laufen. Klar, sie hatten sich jetzt im Rahmen der Befragung durch den Kommissar gesehen, aber sie wünschte sich nichts sehnlicher, als dass Thomas einfach mal wegen ihr, wegen seinen Gefühlen für sie, auf sie zukäme - und nicht weil er vielleicht wegen dem Fall mit ihr reden wollte.

Durch das sonnig – heisse Wetter waren alle Lamellen-Rollos vor den Glasfronten der Büros der BAM heruntergelassen. Vor Thomas's Büro, wo die drei Frauen standen, waren die Lamellen aber so ausgerichtet, dass Eva das Lampenlicht aus dem Foyer und Thomas's Schreibtisch sehen konnte, sie nahm auch etwas Bewegung darin wahr.

Eine dreiviertel Stunde später öffnete sich die Haupteingangstüre und Eva's Herzschlag beschleunigte sich unwillkürlich, als sie sah, dass es Thomas war, der ins grelle Sonnenlicht trat.

Er sah blass und etwas müde aus, dachte Eva. Zu ihrem Erstaunen steuerte Thomas direkt auf sie zu, es wirkte so, als wenn er sie begrüssen wollte. Sie wollte gerade ihre Sonnenbrille abnehmen, um ihm besser in seine Augen schauen zu können, als Thomas abrupt drei Meter vor ihr stehen blieb. Er reckte seinen Hals und schaute über Eva's Grüppchen hinweg, als wenn er jemand irgendwo suchen würde, nur dass niemand zu sehen war. Dann färbte sich sein Gesicht langsam dunkler, er wandte sich ab und ging langsam wieder ins Gebäude zurück, ohne sich noch einmal umzudrehen. Wenig später musste er wohl sein Büro wieder betreten haben, jedenfalls wurden die Lamellen nun umgestellt, sodass niemand mehr direkt hinein- und vermutlich auch nicht mehr hinaussehen konnte.

Als Eva ein Mittagessen später wieder nach Hause fuhr, war sie einmal mehr den Tränen nahe. Wie sollte sie diese Begegnung nun wieder einordnen? Er lief auf sie zu und drehte sich ohne ein Wort wieder um? Was sollte das? Wieso war er überhaupt herausgelaufen? Eva fühlte sich so alleine und verletzt, und sie hasste sich selbst dafür, dass ihre Liebe zu Thomas sie immer wieder in die Knie zwang und die Tränen in die Augen trieb. Jedes mal hatte sie das Gefühl, dass sie ein Stück mehr ihrer Kraft verlor, jedes mal fiel es ihr ein wenig schwerer, wieder positiv zu denken und an die bevorstehende Erfüllung ihres Herzenswunsches zu glauben. Was nutzten ihr all ihre deutlichen Wahrnehmungen von Thomas's Gefühlen in den ganzen letzten Monaten, sie konnte sich nichts davon kaufen, solange Thomas nicht zu seiner Verliebtheit stand, und das schien sich weiter hin zu ziehen.

Eva's Freundinnen jedoch interpretierten das kleine Intermezzo sehr viel positiver als sie selbst, alle waren spontan und unabhängig von einander der Meinung, dass Thomas zum ersten mal von sich aus auf sie zukommen wollte, um mit ihr zu reden...- ...und im letzten Moment kalte Füsse bekommen hatte, als ihm klar wurde, dass er sich nach wie vor auf der Arbeit an der BAM befand. Und Eva's Anblick liess ihn halt nicht kalt, so führten die Freunde weiter aus, sodass er das Rollo lieber so gestellt hatte, dass er Eva - und sie ihn - nicht mehr sehen konnte...

Eva wollte das nur allzu gerne glauben, und es liess sich ja auch alles kaum anders begründen, jedoch hatte ihre nervliche Verfassung durch all die Anspannungen der letzten Monate so gelitten, dass sie ihre Zweifel und Ängste in Bezug auf Thomas nie ganz in den Griff bekam. Zu sehr hatten die Schmerzen, Arbeitslosigkeit, Geldsorgen und vor allem ebendiese Liebesgeschichte an ihrer Kraft gezehrt, als dass sie diesen Ängsten jetzt noch viel Energie entgegen zu setzen hätte!

Oh, wie sie diese ständigen Schwankungen zwischen der an Gewissheit grenzenden Intuition und Hoffnung, bald glücklich in Thomas's starken Armen zu liegen und der nagenden Angst, dass er sich womöglich noch lange nicht oder überhaupt nicht entscheiden würde, hasste!! Egal, mit was sich sich auch beschäftigte, das Thema Thomas tauchte allzu häufig wieder auf.

Thomas sass an seinem Schreibtisch und starrte mehr oder weniger trübsinnig auf seinen Bildschirm. Er war dabei, seine Vorlesungen für einen Informatikkurs vorzubereiten. Der Alltag an der BAM lief schliesslich weiter, egal ob Silvia tot war, er sich von seiner Frau trennte, in Eva verliebt war, der Kommissar hier ständig mit seiner Fragerei herumrannte oder auch nicht.

Eva war heute schon wieder mit ein paar Mitschülerinnen hier gewesen, und ja, es hatte ihn wie immer viel stärker berührt als ihm lieb war. Es ärgerte ihn einfach, dass er nichts dagegen tun konnte, dass es etwas mit ihm machte, wenn sie in der Nähe war. Und ja, als sie heute direkt vor seinem Fenster stand (ob sie das wohl mit Absicht tat?) in ihren kurzen Shorts und mit ihren Kolleginnen, da war er ohne nachzudenken aufgestanden und nach draussen gelaufen.

Erst im letzten Augenblick war ihm klar geworden, dass er sich erstens nach wie vor auf der Arbeit an der BAM vor aller Augen befand und er zweitens doch eigentlich für seine eigene Klarheit und saubere Trennung noch Abstand wollte. Also hatte er sich wieder umgedreht, heute war einfach nicht der richtige Zeitpunkt für ihre Herzenssache. Aber es liess ihn alles andere als kalt, sie zu sehen...

Hoffentlich ging es ihr mit ihm wenigstens genauso. Er war sich fast sicher dass es so war, dennoch - wenn er die Gelegenheit hatte, sie zu beobachten, war er sich nie hundert Prozent sicher, ob sie noch diese Gefühle für ihn hatte oder ob sie abgekühlt waren. Waren ihre blauen Augen tatsächlich immer noch voller Wärme und Sehnsucht auf ihn gerichtet, oder doch nicht? Wenn er sie so fröhlich und selbstsicher mit den anderen Menschen an der BAM umgehen sah, war er fast ein bisschen eifersüchtig, weil sie diesen unbeschwerten Umgang zumindest momentan nicht mehr in dieser Form hatten. Unschuldig war er daran natürlich nicht, okay, das Thema hatte er schon oft genug gewälzt. Aber der Kommissar hatte die Situation nicht verbessert zwischen ihnen.

Immerhin, dadurch, dass Hoffmann sich jetzt auch mal mit Hartmut und Elvira beschäftigte, hatte er Thomas zumindest ein wenig in Ruhe gelassen.

Apropos Hartmut, da fiel ihm wieder ein, dass dieser ihm vorhin etwas ängstlich gebeichtet hatte, dass er vor Hoffmann von Eva's Briefen berichtet hatte, im Glauben dieser wisse darum. Hartmut hatte erleichtert geseufzt, als Thomas ihm versicherte, dass es ihm nichts ausmachte, denn irgendwann wäre der Kommissar vermutlich durch Elvira sowieso darauf gekommen.

Oder Thomas hätte selbst etwas erwähnt, nur um zu zeigen, wie harmlos die Formulierungen im Grunde waren und nicht wirklich auf eine Affäre hindeuteten, auch wenn Eva an einer Stelle mal erwähnte, dass nicht nur sie selbst die Wahrnehmung gehabt hätte, dass das Interesse gegenseitig ist.

Während Thomas noch hin und her überlegte, ob und wann er dem Polizisten die Briefe zeigen sollte, stand Hoffmann auch schon in der Tür. Der Mann war wie eine Wespe im August, die einfach nicht vom Pflaumenkuchen herunter zu bekommen war.

„Hallo, Herr Feldmann! Da bin ich wieder...!"

„Ja, da sind Sie wieder!" seufzte Thomas, in sein Schicksal ergeben, „was kann ich denn Schönes für Sie tun?"

„Sie könnten mir die Briefe mal zeigen, die Ihnen Frau Stark seinerzeit geschrieben hat..."

„Oh, das ging aber schnell, Herr Hoffmann!" spöttelte Thomas, „Herr Gundlach hat mir berichtet, das er Ihnen von den beiden Briefen erzählt hat. Aber ich muss Sie enttäuschen, Sie werden nichts Anstössiges darin finden. Oder was auch immer Sie zu entdecken hofften."

„Na, dann rücken Sie die guten Stücke doch mal heraus, Herr Feldmann."

Thomas zog mit einer Handbewegung die Schublade auf, um die Briefe von Eva heraus zunehmen. Er griff erst nach dem weissen und dann nach dem blauem hand-geschriebenen Briefbogen, um sie dem Kommissar zu reichen. Er stutzte und fuhr zurück, als er noch einen dritten gefalteten Brief in der Lade liegen sah. Was war das denn? Es gab doch nur zwei Briefe! Dieser war mit dem PC geschrieben und nur der Name prangte hand-schriftlich darunter. Thomas überflog die Zeilen und wurde blass, sowohl wegen dem Inhalt als auch wegen der Unterschrift, sowie aufgrund der Tatsache, dass Hoffmann ihn unablässig beim Lesen beobachtete.

„Nun, Herr Feldmann, was schauen Sie denn so be-treten?"

„Dieser Brief hier... also, ich kenne ihn nicht. Es gibt eigentlich nur die zwei handschriftlichen von Eva, also

Frau Stark. Ich weiss wirklich nicht, wie der dritte hierher kommt. Ich sehe ihn heute zum ersten mal. Und was drin steht, ist einfach nicht wahr."

„Ich werde mir schon mein eigenes Urteil bilden. Bitte geben Sie ihn auch her."
Thomas reichte ihm resigniert auch den dritten Brief und lehnte sich in seinem Drehstuhl zurück, als könne ihm die Rückenlehne den nötigen Rückhalt bieten.
Hoffmann las bedächtig Zeile für Zeile der drei Briefe, bei den ersten beiden lächelte er fast andächtig, beim dritten allerdings zog er mehrfach die Augenbrauen hoch, schaute Thomas an und dann wieder auf die Zeilen zurück.

„Mann Mann Mann, Herr Feldmann! Da haben Sie jetzt aber ein Problem! Im dritten Exemplar steht ja wohl ziemlich eindeutig, was zwischen Ihnen so an heissen Sachen passiert. Wie war das... „...danke für die letzte Nacht... deine Küsse spüre ich jetzt noch auf meiner Haut..." - und Sie wollen mir erzählen, sie haben keine Affäre miteinander?"
Als Thomas diese Worte so aus Hoffmanns Mund hören musste, stieg ihm die Röte ins Gesicht, einerseits vor Wut und Hilflosigkeit, denn er wusste ja, dass nichts davon stimmte. Und anderseits auch deshalb, weil der Inhalt dieser Worte schon einen Teil in ihm berührte, der sich irgendwie wünschte, dass genau das zwischen ihm und Eva passieren würde. Doch er musste jetzt einen kühlen Kopf bewahren, und sein Verstand sagte ihm, dass dieser Brief nie und nimmer von Eva war. Er riss

sich zusammen, verbiss sich seine patzige Antwort und formulierte mit Bedacht seine nächsten Worte:

„Herr Hoffmann, diese Zeilen hat Eva nicht geschrieben. Schauen Sie doch mal, die anderen Briefe sind mit der Hand geschrieben, dieser mit dem PC. Die Unterschrift sieht auch ein wenig anders aus, und vor allem der Schreibstil ist ein völlig anderer. Sie hätte nie so plump formuliert, lesen Sie doch! Hier, das klingt doch fast wie aus der Bild – Zeitung, wenn Sie die anderen Briefe daneben legen.“

Auch wenn es Hoffmann nicht wirklich passte, konnte er sich Thomas's Argumenten nicht ganz verschliessen und er kratzte sich ein wenig ratlos und unentschlossen hinter seinem Ohr.

„Was ist denn dann Ihre Theorie dazu, Herr Feldmann?“

„Ganz einfach, jemand hat mir diesen Brief untergeschoben!“

„Wer sollte das denn bitteschön sein?“

„Keine Ahnung. Jemand, der gerne hätte, das ich noch mehr in Verdacht gerate vielleicht? Aber das herauszufinden wäre doch eine schöne Herausforderung für Sie, Herr Kommissar!“ konnte sich Thomas seine etwas gewagte Antwort nicht verkneifen.

„Sie bewegen sich aktuell auf sehr dünnem Eis, ich würde mir an Ihrer Stelle solche Kommentare sparen, Herr Feldmann. Ich verzeihe respektloses Verhalten nur selten.“

„Es tut mir leid, Herr Hoffmann. Aber ich mag halt falsche Verdächtigungen nicht. Somit haben wir wohl

beide etwas, was wir am anderen nicht ausstehen können..."

Hoffmann starrte Thomas noch kurz etwas verdrossen
an, dann drehte er sich wortlos mit den Briefen in der
Hand um und liess Thomas mit seinen wirbelnden Gedanken allein.

Dieser fuhr sich mit beiden Händen durch seinen
Haarschopf, der danach noch ungeordneter aussah als
vorher. Was für ein Schlamassel! Was ging hier bloss vor
sich, wer war hier am Werk? Und warum, wem konnte
denn daran gelegen sein? Eva und er hatten ein echtes
Problem, wenn Hoffmann tatsächlich glaubte, dass der
Brief echt wäre.

Gut, sein Büro stand offen, wenn er nicht da war, also
konnte im Prinzip jeder diesen Brief in seine Schublade
gemogelt haben. Eva selbst war zwar auch hier gewesen,
aber er glaubte nicht eine Sekunde, dass sie es war. Mal
davon abgesehen, dass Elvira bestimmt etwas mitbekommen hätte, wenn sie sein Büro betreten hätte und Eva
auch kein Interesse daran haben könnte, sich selbst mit
zu belasten, traute er ihr so eine schäbige Aktion einfach
nicht zu.

Aber wer blieb dann übrig? Hartmut oder Elvira? Oder
jemand, den noch gar keiner auf dem Zettel hatte...

Es war wie verhext, die Sache wurde immer merkwürdi-
ger und trotzdem gelang es ihm einfach nicht, etwas
Klarheit hinein zu bringen. Er mochte niemand etwas
unterstellen... und dennoch merkte er immer mehr, dass
ihn der Gedanke, dass irgendeiner von ihnen etwas mit

Silvia's Tod zu tun hatte, seinen entspannten Umgang mit den Kollegen nach und nach vergiftete.

Ihm war schon aufgefallen, dass auch die anderen sich gegenseitig und natürlich gleichermaßen ihn verstohlen und argwöhnisch beäugten. Klar, wenn ihn der Verdacht beschäftigte, dann die anderen doch ebenso...

Thomas schüttelte langsam den Kopf und griff nach seiner Kaffeetasse. Brrr, nur noch kalte Brühe, er musste sich dringend neuen holen. So stand Thomas auf und machte sich auf den Weg in die Küche. Als er sich kurz umdrehte, um zu schauen ob er den Bildschirmschoner aktiviert hatte, nahm er gerade noch wahr, wie sich seine Seitentür zum Sekretariat behutsam schloss.

Thomas stiess verblüfft seinen Atem durch die Nase aus. Elvira lauschte doch tatsächlich! Dies Frau wurde ihm immer unsympathischer. War sie schon immer so gewesen und er hatte es einfach nicht bemerkt, oder hatte sie sich im Laufe der Zeit verändert? Im Interesse seiner Menschenkenntnis hoffte er letzteres. Als er sich in der Küche eine Tasse heissen frischen Kaffee eingoss, lehnte er sich kurz an den Türrahmen und schloss seine Augen. Ohne dass er seine Gedanken bewusst steuerte, landeten sie doch ziemlich zielsicher bei einem Paar blauen Augen, die ihn lachend und voller Wärme anstrahlten. Sie gehörten in Eva's Gesicht und er stellte sich lächelnd vor, wie sie sich endlich innig küssten und beide langsam die Arme um die Taille des anderen schlangen... so wie in seinem Traum, nur das es diesmal ein Tagtraum war.

Oh nein, nicht schon wieder... Thomas zwang sich, seine Augen zu öffnen, er musste unbedingt das Thema Eva und er jetzt ausblenden und sich auf den Kommissar, und hin und wieder auch mal wieder auf seinen Job konzentrieren.

Besagter Kommissar sass grübelnd in dem Seminar-raum, den ihm die BAM für seine Befragungen zur Verfügung gestellt hatte und blickte dabei etwas abwesend zur Glasfront auf den Parkplatz hinaus. In diesem Fall war einfach der Wurm drin, so dachte er gerade.

Er hatte Wachtmeister Pfeiffer darauf angesetzt, heraus zu finden, was mit Silvias Körper passiert war, aber dieser war bisher erfolglos geblieben. Sie war und blieb verschwunden, weder irgendwelche Papiere noch sonst irgendeine Spur waren in keiner der Kliniken, sowohl hier als auch an ihrem Wohnort aufzufinden.

Lediglich vom Notarzt bzw. vom Labor, dass deren Blutentnahme getestet hatte, lag jetzt eine Analyse vor. Silvia's Blut hatte Spuren von Schmerzmittel und eines Abführmittels enthalten, aber beides nicht in lebensbedrohlicher Dosis.

Doch das war für die Lösung ja auch eher nebensächlich, denn die verwickelten Personen liefen hier in der BAM herum. Hoffmann ging zum hundertsten Mal das Material durch, was er hatte.

Da war zuerst Hartmut Gundlach, der Silvia gefunden hatte. Er schien dermassen erschüttert an dem Morgen, dass Hoffmann zunächst wenig Zweifel an dessen Unschuld hatte, allerdings waren seine Antworten auch sehr kurz und direkt auf die Umstände des Auffindens bezogen gewesen.

Je länger er sich jedoch mit Gundlach befasste, desto mehr Facetten seines Wesens entdeckte Hoffmann, und desto klarer wurde ihm auch, dass Gundlach's Charakter längst nicht so einfach und durchschaubar war, wie er dachte. Hoffmann war aufgefallen, dass Gundlach zwar stets positiv von Silvia sprach, wie die meisten Leute das ja bei Verstorbenen taten, jedoch zwischen den Zeilen las man deutlich, dass Gundlach zu Lebzeiten nicht Silvias bester Kollege gewesen war.

Er hatte gespürt, dass Silvia in Gundlach eher so etwas wie Missbilligung, leise Eifersucht und vielleicht eine gewisse Genervtheit ausgelöst hatte, was er aber zu unterdrücken suchte. Ob man da aber aus dem nicht ungewöhnlichen Kollegengeplänkel ein Motiv stricken konnte... das schien einfach zu schwach für eine solche Tat zu sein, obwohl man das auch nicht komplett ausser acht lassen durfte.

Ja, und dann gab es da diese Sekretärin, Elvira Brockhaus. Diese Frau war ihm von Anfang an unsympathisch gewesen mit ihrer moralisch angehauchten, zu redefreudigen und ihm gegenüber fast übertrieben dienstbeflissenen Art. Doch er durfte sich von seiner persönlichen Abneigung nicht leiten lassen, auch wenn er nichts dagegen hätte, sollte sie verwickelt sein.

Sie hatte ihm nur allzu gerne über alle Kollegen berichtet, auch über Silvia und ihre Rolle im Kollegium. Als er sie bei der Befragung darum bat, zu berichten, wer am besagten Abend noch in der BAM tätig war, hatte sie ausgesagt, dass sowohl Silvia als auch Thomas Feldmann noch im Gebäude gewesen seien, als sie ging. Bei einer späteren Befragung hatte sie noch geäussert, dass sie Evas Auto gesehen hätte und dass diese ausgestiegen sei. Ersterem hatte Thomas vehement widersprochen, das zweite hatte Eva selber zugegeben. Somit stand Aussage gegen Aussage, wer als letzter Silvia gesehen hatte, aber einzige Zeugin war in allen Fällen Elvira.

Und deren Antipathie gegen Eva wurde jeden Tag offensichtlicher, insofern durfte er ihre Aussagen bezüglich Eva nicht zu stark bewerten. Es war auch Elvira gewesen, die angedeutet hatte, dass Thomas und Eva ein Affäre hätten, wobei sie eindeutig Eva als treibende Kraft bezeichnete und Thomas lediglich als hilfloses Opfer ihrer Verführung.

Das jedoch sah Hoffmann anders, zu oft und zu deutlich hatte er mit eigenen Augen gesehen, wie Thomas Eva anschaute, das allein sprach schon Bände – das, was sich zwischen den beiden abspielte, beruhte definitiv auf Gegenseitigkeit, egal ob es nun schon zu körperlichen Kontakten gekommen war oder nicht. Er hatte ja provokant so getan, als ginge er fest von einer Affäre aus, um vielleicht einige Antworten zu provozieren, aber so sicher war er da gar nicht. Ein hervorragendes Motiv gab es ab, ja, das auf jeden Fall...

Die zwei taten ihm fast leid, wie beide so verzweifelt verliebt herumschlichen und doch nicht zueinander fanden. Hoffmann war richtig froh, dass er nicht in der Haut der beiden steckte, komplizierter und unglücklicher ging es ja kaum noch.

Nun, die beiden waren ihm schon sympathisch, auch wenn er ihnen das natürlich nicht zeigte. Leider war es nicht ungefährlich, wenn Verdächtige einem sympathisch waren, das verstellte leicht den Blick, und Hoffmann hatte es mehrfach erlebt, dass er Menschen, die sich später als Täter herausstellten, gemocht hatte.

Feldmann hatte insofern recht, dass er nichts richtig beweisen konnte. Da half ihm auch der ominöse dritte Brief nicht weiter. Er unterschied sich zu stark von Evas anderen zwei Briefen und vor allem die Tatsache, dass Gundlach vorher auch von nur zwei Briefen gesprochen hatte, sprach für eine Fälschung. Blieb jetzt die Frage, von wem... vom Täter?

Wer hatte das stärkste Motiv? Definitiv Eva und Thomas, wenn sie tatsächlich eine Affäre hatten und seinen Ruf bzw. Position und ihre Qualifikation schützen wollten. Aber was, wenn nicht? Ausserdem würden sie sich doch mit dem dritten Brief nur unnötig selbst belasten. Es sei denn, genau das war der Trick? Dass er genau das denken sollte? Hoffmann stöhnte genervt.

Hartmut? Möglicherweise... allzu ruhige und beherrschte Wasser waren ja bekanntlich tiefer als gedacht...

Hm, oder vielleicht doch Elvira? Aber mit welchem Motiv? Sie schien doch völlig neutral gegen Silvia eingestellt zu sein, wie gegen alle Kollegen, ausser Thomas, für den schien sie eindeutig ein Faible zu haben – eine Art besitzergreifende oder überbeschützende und an Verschossenheit grenzende Kollegialität, so interpretierte es Hoffmann. Er hatte sie insgeheim zusammen mit Pfeiffer „Wachhund" getauft, so wie sie geradezu eifersüchtig über Thomas wachte und wie sie abfällig über Eva's Annäherungsversuche berichtet hatte.

Aber wenn ihre Eifersucht sie trieb, hätte sie doch eher Eva um die Ecke gebracht... Das gleiche galt für Thomas's Ex-Frau, an sie hatte er auch kurz gedacht, doch bei dieser fehlte jeglicher Bezug zu Silvia und sie hatte obendrein ein Alibi, das hatte er schon unauffällig geprüft.

Damit war er wieder am Anfang seiner Überlegungen angelangt, und er hatte nicht wirklich einen Plan, wie er weiter vorgehen sollte. Das einzige was ihm blieb, war, zu versuchen, alle Beteiligten so lange gegeneinander auszuspielen und gegenseitige Verdächtigungen zu schüren, bis einer von ihnen so nervös wurde, dass er einen Fehler machte und sich selbst entlarvte. Eine solche Vorgehensweise widerte ihn eigentlich an, denn meistens kamen dabei auch noch eine Menge unangenehme Sachen heraus, die einige Leute blossstellte, aber gar nichts mit dem Fall zu tun hatten. Aber in dieser verfahrenen Sache blieb ihm gar nichts anderes übrig.

Hartmut sass entnervt in seinem Büro. Seine Schüler waren heute besonders begriffsstutzig gewesen, und dabei hatte er doch alles haarklein erklärt. Das machte ihn manchmal richtig rasend, und er konnte seine Missbilligung dann kaum verbergen. Mehr als einmal hatte ihm das schon das Niveau seiner Bewertungsbögen, die die Schüler am Ende eines Kurses anonym ausfüllten, verdorben. Thomas, der als Schulleiter diese Bögen natürlich zu lesen bekam, hatte ihn schon zweimal zwar noch wohlwollend, aber ernst darauf hingewiesen, dass er das in den Griff bekommen müsse.

Gar nicht so einfach, wenn diese Schüler auch so gar kein technisches Niveau hatten. Hartmut hatte sich schon immer gewundert, dass Silvia augenscheinlich so ruhig bleiben konnte, wenn sie zum hundertsten Mal die gleiche Sache noch mal erklären musste. So manches Mal hatte sie ihn damit aufgezogen, und er hatte nur verärgert seinen Mund verzogen. Tja, zielsicher hatte sie oft seine wunden Punkte getroffen, und meist nicht mal mit Absicht. Ihre Art von Humor ging ihm einfach gegen den Strich, und ihre kleinen Sticheleien... Nein, das vermisste er ganz bestimmt nicht... Silvia hatte es schon immer geschafft, ihn in Unruhe zu versetzen und selbst im bzw. durch ihren Tod schaffte Silvia das noch...

Dieser Kommissar ging ihm allerdings auch mittlerweile auf die Nerven. Es blieb die Hoffnung, das sich die Wogen allmählich glätten würden, wenn der Fall geklärt war. Das wäre wirklich eine Erleichterung.

Aber wer sollte Silvia auf dem Gewissen haben? Hartmut wusste nicht, wen er da verdächtigen sollte und wollte. Entweder waren alle verdächtig oder keiner. Aber einer musste es ja gewesen sein. Sein Unbehagen diesbezüglich wuchs immer mehr, denn allen in Frage kommenden Personen hatte er bis dato auf die eine oder andere Art vertraut. Sollte es Thomas gewesen sein, wäre dass für Hartmut am schlimmsten, denn ihn mochte er am meisten. Der Kommissar zumindest schien das nicht auszuschliessen, im Gegenteil. Und er, Heinz- Gregor, war auch noch mit schuld daran durch seinen ungewollten Hinweis mit den Briefen.

Vielleicht könnte er ja seinen Fauxpas wieder ein bisschen gut machen, überlegte er, indem er ein paar Charakterzüge der anderen, allen voran Elvira's, vor dem Kommissar in ein ungünstiges Licht rückte. Wenn diese dadurch auch in Verdacht geriete, wäre das doch eine Entlastung für Thomas.

Natürlich wollte er niemand falsch verdächtigen, aber es wäre ja auch nur ein Hinweis, keine konkrete Anschuldigung. Aber was, wenn Thomas es doch war? Dann entlastete er den Falschen. Oder wenn es Elvira war, dann machte er sie sich zum Feind und brachte sich vielleicht selbst in Gefahr... Seufzend erhob sich Hartmut und griff nach seiner Giesskanne, um seinen „Dschungel" mit frischem Wasser zu versorgen. So ein bisschen Pflanzenpflege half vielleicht, seine nervösen Gedanken ein wenig zu beruhigen.

Elvira sass vor ihrem PC, berührte aber ihre Tastatur nicht und sah auch nicht wirklich, was vor ihr auf dem Monitor flimmerte. Vielmehr war sie mit ihren Gedanken bei dem Fall Silvia und allem, was damit zu tun hatte. Ihr war zu Ohren gekommen, durch Hartmut, dass in Thomas's Schublade noch ein dritter Brief aufgetaucht war. Dieser enthielt scheinbar eindeutige Hinweise darauf, so der Kollege, dass Thomas und Eva wohl tatsächlich etwas miteinander hatten, Thomas hatte Hartmut scheinbar vom Inhalt des dritten Briefes berichtet.

Allein die Vorstellung, dass Eva und Thomas sich wirklich so nahe sein könnten, erfüllte Elvira mit einer giftigen Mischung aus Panik, Missgunst und Enttäuschung. Wie konnte er nur? Mit diesem Flittchen? Nein, sie wusste ja, dass es einfach nicht so sein durfte und konnte, denn dann wäre ja ihr ganzer Einsatz damals mit den geöffneten Briefen umsonst gewesen!

Allmählich wurde ihr aber klar, dass es keine so gute Sache war, dass Thomas immer mehr in die Schusslinie geriet, und zwar so sehr, dass er zusammen mit Eva als Hauptverdächtiger anzusehen war. Der Kommissar hatte ihr das vorhin nämlich noch einmal unmissverständlich mitgeteilt.

Sie hatte ja eigentlich nur gewollt, dass Eva einen massiven Denkzettel bekam. Nun, dass sie damit auch Thomas einen deftigen Seitenhieb verpasste, war ihre Form von Rache für sein Verhalten ihr gegenüber – denn anstatt ihr mit seiner Freundschaft für ihre treue Unterstützung in der Sache mit Evas Briefen zu danken, hatte er doch tatsächlich mit distanzierter Kühle und einer Art Abscheu reagiert!

Aber das, was jetzt passierte, hatte sie so nicht gewollt. Ob man nicht vielleicht versuchen könnte, andere in ins Kreuzfeuer des Kommissars zu schieben? Hartmut zum Beispiel, immerhin hatte er Silvia gefunden, und wer weiss, vielleicht hatte er ja sogar wirklich in irgendeiner Form Dreck am Stecken. Und sie hatte ja schon immer mitbekommen, dass er Silvia nicht unbedingt so ganz herzlich verbunden gewesen war. Einen Versuch war es wert...

Eva war gerade von ihrer ausgedehnten Radtour durch die grünen Hügel und Täler zurückgekehrt und schluckte begierig das kühle prickelnde Wasser hinunter, das sie direkt aus der Flasche trank. Das tat gut! Sie musste sich unbedingt einen Gel - Sattel zulegen, dachte sie bedauernd, als sie sich vorsichtig auf ihrem Liegestuhl niederliess, so ganz waren gewisse Körperteile noch nicht an die Eröffnung der Radsaison gewöhnt. Normalerweise ging sie meist immer Laufen... wie Thomas, dachte sie, das war ja eine ihrer vielen Gemeinsamkeiten.

Wie sollte sie es eigentlich schaffen, mal nicht an Thomas zu denken, wenn die meisten ihrer liebsten Beschäftigungen genau dieselben waren wie seine? Es war schon ziemlich schräg, schmunzelte sie, wie viel sie gemeinsam hatten. Es müsste herrlich sein, all das miteinander zu teilen... zum Beispiel miteinander durch die sommerlichen Hügel und Wälder zu radeln oder zu laufen! Oder voller Begeisterung und Vorfreude einen gemeinsamen Bergurlaub zu planen... oder zusammen mit seinen Mädchen auf einer Wiese herumzualbern... oder heftig über irgendein Thema zu diskutieren... oder morgens zusammen aufzuwachen, den Wecker genervt auszustellen und dann den Alltag Hand in Hand zu bewältigen...

Eva würde so gerne auch all die Unvollkommenheiten des Lebens mit ihm teilen, nicht nur das Süsse und Romantische an einer Beziehung. Oft erzählte sie Thomas im Geiste, was sie bewegte oder ihr Angst machte und stellte sich dann vor, was er sagen würde oder wie er sie nur sanft und beschützend in seine Arme nehmen würde.

Oder sie überlegte, wie sie mit ihm umgehen würde, wenn er Kummer und Sorgen hätte... und dass sie ihm und sich auch so viel Freiheit und Eigenleben geben wollte, dass es sie immer mit aller Macht zueinander ziehen konnte...

Oh ja, das zueinander ziehen... von Anfang an war da diese herzliche Vertrautheit und wortlose Verbundenheit, die nicht einmal abzureissen schien während der ganzen schrecklichen Brief – Geschichte damals, und die sich je länger desto intensiver und realer anfühlte – trotz allem. Tja, ob sie wollte oder nicht, es war unumstösslich, sie liebte Thomas mit jeder Faser ihres Herzens.

Und ja, auch Thomas's Augen, seine Lippen würde sie so gerne auf sich fühlen... Okay, das mit den Augen hatten sie ja schon zu BAM – Zeiten beide perfekt drauf...

Aber das andere... seine Küsse zu trinken, seine starken Arme um ihren Körper zu spüren... oder mit ihren Händen seine Haut zu berühren, seine Haare zu durchwühlen... es durchflutete sie warm und intensiv bei diesen Gedanken... Nein, sie musste sich jetzt zwingen, mit diesen Tag-Träumereien aufzuhören. Auch wenn irgendetwas in ihr ihr sagte, dass sie von der Erfüllung ihres Herzenswunsches vielleicht doch gar nicht so weit entfernt war, musste sie ihren Kopf auch noch einsetzen für so viele andere Dinge, die noch zu lösen waren...

Vor allem anderen das Thema Silvia. Was für eine seltsame Geschichte das doch war. Eva hatte schon oft gegrübelt, wer sie wohl auf dem Gewissen haben könnte, aber nicht einmal der Brockhaus wollte sie solch eine eiskalte Tat zutrauen. Aber wer, wer, wer...

Selbst Hoffmann schien sich seiner Sache überhaupt nicht sicher, auch wenn er sie und Thomas bedenklich ins Kreuzfeuer nahm. Schon surreal, normalerweise las man solche Stories in Romanen, aber sie passierten doch nicht in der Realität...

Für einen Moment schoss Eva der hämische Gedanke in den Kopf, dass sie Hoffmanns Aufmerksamkeit doch einfach mal ein wenig auf Elvira lenken könnte. Denn sie hatte ja an dem Abend von Silvias Ermordung noch Licht im Sekretariat gesehen, auch wenn sie Elvira selber nicht gesehen hatte. So könnte man sie doch mal in ein etwas weniger selbstgerechtes Licht rücken, in dem Elvira sich immer sah.

Dann fuhr Eva von ihrem Liegestuhl hoch, nicht ohne einen leisen Schmerzenslaut wegen ihrem Gesäss auszustossen, aber diese Erkenntnis war einfach zu brisant! Es war noch Licht, Elvira war also noch da - und somit konnte es doch nur Elvira gewesen sein, die fälschlicherweise behauptet hatte, Thomas müsse noch da gewesen sein bzw. diejenige, die Eva vorfahren gesehen hatte. Nur dass Eva ja gesehen hatte, dass Thomas's Auto längst weg war...

„Diese miese kleine intrigante Tippse..." murmelte Eva halblaut. So etwas Fieses! Und nicht nur das, das hiess ja auch, dass Elvira diejenige sein könnte, die Silvia zuletzt gesehen hatte! Wow! Aber eigentlich hätte man da auch schon früher drauf kommen können! Trotzdem war es wohl keinem in den Sinn gekommen, nicht mal dem so akribischen Kommissar. Hm, aber sollte sie den Kommissar wirklich darüber informieren? Immerhin könnte es dann so aussehen, als wolle sie damit nur von einer eigenen Schuld ablenken... Zumindest sollte sie aber wenigstens Thomas davon in Kenntnis setzen, ihn betraf es ja mit am meisten.

Sollte sie ihn anrufen? Sie könnte seine Durchwahl an der BAM wählen, aber falls er gerade mal nicht in seinem Büro sass, ging seine Bewacherin Elvira todsicher ans Telefon, und genau das wollte sie vermeiden. Und eine private Handynummer besass sie zu ihrem Leidwesen nicht - ausser der, die im Telefonbuch stand, aber wer weiss, wer da dann dran ging... - sonst wäre wohl von Anfang an manches anders gelaufen, dachte sie mit einem tiefen Seufzer.

Doch zurück zum Problem, es blieb also nur ein Ausflug an die BAM und der Versuch, Thomas persönlich zu erwischen, wenn er Feierabend machte. Mit etwas Glück war er heute mit dem Bus gefahren und sie konnte ihn ungesehen an der Bushaltestelle abfangen. Zeitlich könnte sie es gerade noch schaffen. Allerdings wäre vorher wohl eine Dusche sinnvoll, grinste sie in sich hinein...

Wenig später sass Eva frisch geduscht in ihrem Auto, so etwas tat doch nach dem Sport immer unglaublich gut, dachte sie, als sie mit offenem Fenster in Richtung BAM kurvte und voller Genuss die nach Gras und Sommer duftende Luft einatmete. Sie hatte sich mit einem verliebten Lächeln ein absichtlich nicht allzu langes Sommerkleidchen angezogen – wer weiss, wozu es gut sein konnte... Thomas's Blicke fühlte sie ja nur allzu gerne auf sich, das tat ihr noch wohler, als nach dem Radfahren das warme Wasser der Dusche an sich herunter rieseln zu lassen!

An der BAM angekommen fuhr sie erstmal langsam am Parkplatz der Mitarbeiter vorbei und spähte nach den Bürofenstern. Sehr gut, sein Auto stand nicht da und Thomas befand sich noch an seinem Platz und schaute in den Bildschirm, während er emsig zu tippen schien. Ihr wurde unglaublich warm und glücklich ums Herz, als sie ihn dort in seinem kurzärmeligen weissen Poloshirt und seiner Blue-Jeans sitzen sah. Ihr Herz wurde unerklärlicherweise immer leichter, je länger sie ihn ansah.

Während sie ihr Auto wieder etwas beschleunigte, wuchs in ihr eine herrliche Gewissheit, die sie mit nichts beweisen konnte. Und dennoch war sie da, stark und deutlich - Thomas und sie liebten sich, und sie würden irgendwann zusammen sein! Und sie würde darum kämpfen, egal wie oder wie lange, egal gegen was und egal gegen wen. Zu verlieren hatte sie jedenfalls nichts mehr, und vielleicht sollte sie ihm einfach so bald wie möglich zeigen, ihm ganz klar sagen, dass Thomas je länger desto mehr ihre grosse Liebe war... Vielleicht brauchte er ihren Mut und ihre Ausdauer in dieser Sache, und irgendwann an einer anderen Stelle nahm sie dann seine Stärke und seinen Schutz in Anspruch...

Warum erwartete man eigentlich von Männern jederzeit grosse Stärke - und das Wissen, was sie wollen bzw. was zu tun ist, und dass sie dies auch sofort ausführten? Eigentlich nicht ganz fair... wer wusste das schon immer sofort? Und Frauen konnten doch auch mal etwas Kampfgeist zeigen, oder?

Sie parkte ihr Auto abseits der BAM, damit nicht zufällig Elvira oder der Kommissar sie sahen, wie sie Thomas abpassen wollte. Langsam schlenderte sie mit einem eindeutig Thomas gewidmeten Strahlen in den Augen in der schon schräger werdenden warmen Sonne zur Bushaltestelle, an der Thomas einsteigen musste...

Elvira wanderte unruhig im Sekretariat auf und ab, ihre beiden Kolleginnen waren schon nach Hause gegangen. Zwei Zimmer weiter sass immer noch Kommissar Hoffmann und Elvira spielte mit dem Gedanken, bei ihm anzuklopfen und ein paar Bemerkungen in Richtung Hartmut fallen zu lassen. Aber clever wie er war, könnte er es auffällig finden und es als genau das auslegen, was es sein sollte, nämlich eine bewusste Ablenkung von Thomas. Und wie sollte sie es anstellen, Thomas zu entlasten ohne damit auch Eva vom Verdacht zu befreien? Denn genau das würde ja automatisch passieren, wenn sie Hartmut mehr ins Spiel brachte, und das passte ihr an ihrem Plan gar nicht.

Allmählich wuchs ihr diese Geschichte doch so langsam über den Kopf und bekam immer mehr Komponenten, über die sie die Kontrolle verlor. Ständig passierten Dinge, die sie so nicht erwartet hatte. Zum Beispiel hätte sie nie geglaubt, dass Thomas trotz ihrem Eingreifen seine Gefühle für Eva behalten würde, Elvira hatte eigentlich gedacht, dass sie die Gefahr gebannt hätte und zuerst schien ja auch Funkstille zu herrschen.

Doch sie traute ihren Augen nicht, als Eva kürzlich an der BAM aufgetaucht war und Thomas wie eh und je mit unverkennbarer Wärme und Sehnsucht darauf reagiert hatte, wie auch bei allen folgenden Begegnungen, soweit Elvira sie beobachten konnte – dafür war ihr Platz am Fenster immerhin gut, da konnte sie so manches im Auge behalten.

Sie hatte Thomas immer nur beschützen wollen, doch der schien das überhaupt nicht zu schätzen zu wissen, sondern war im Gegenteil sogar wohl schon im Begriff sich zu trennen. Unglaublich!

Zum ersten mal erhob sich in ihrem Herzen so etwas wie eine zaghafte Reue darüber, dass sie nicht nur die Briefe von Eva damals geöffnet und gelesen hatte, sondern auch deren Inhalt weiter verbreitet hatte. Es hatte nicht nur nichts gebracht, was Eva und Thomas betraf, sondern sie hatte sich selbst auch noch in Misskredit bei ihm und den Kollegen gebracht.

Doch gerade als in Elvira's Seele sogar für Eva's Situation ein Fünkchen Mitgefühl aufglimmen wollte, erschienen vor ihrem inneren Auge wieder die vielen Situationen, wo sie mitansehen musste, wie Thomas's Kopf sich nach Eva umdrehte, wo sich vor ihren Augen, sogar auch mitten im Sekretariat, die Blicke der beiden tief in einander senkten und sie sich nicht losreissen konnten... und schon schoss wie eine gelbe Stichflamme wieder das giftige Gefühl in ihr hoch, das sie auch motiviert hatte, als sie die Briefe öffnete.

Sie erhob sich und verliess das Sekretariat in Richtung Küche, als Kommissar Hoffmann im Foyer auf sie zutrat und sie um ein kurzes Gespräch unter vier Augen bat. Das passte ja wunderbar, dachte sie, als sie mit dem Beamten zusammen den Besprechungsraum betrat...

Hartmut hatte derweil sein Büro aufgeräumt und alles lag ordentlich an seinem Platz. Er hielt es immer so, dass er nach dem Unterricht seinen Schreibtisch in Ordnung brachte, damit sich nicht soviel ansammelte.

Er sinnierte mit einem Stirnrunzeln vor sich hin, ob er sich in den wohlverdienten Feierabend begeben sollte, obwohl es ja noch nicht spät war. Oder er könnte ja mal Elvira ein wenig auf den Zahn fühlen.

So stand Hartmut auf und entschied sich dafür, seine Schritte ins Sekretariat zu lenken, einen guten Vorwand hatte er sowieso, denn er hatte einige Klausuren korrigiert und er könnte die Ergebnisliste zum Eingeben gleich weiterreichen.

Zu seiner Enttäuschung war Elvira's Platz leer. Aber sie schien noch im Haus zu sein, denn er konnte vom Fenster aus ihr Auto auf dem Parkplatz sehen. Ach, es könnte wohl sein, dass sie mit dem Kommissar in einer Unterredung steckte. Oder sie „bewachte" wieder Thomas...

Hartmut schmunzelte, diesen Ausdruck hatte er aufgeschnappt, als er zufällig anhörte, wie sich der Kommissar bei halb offener Türe mit seinem Wachtmeister über Elvira unterhielt. Und je länger er darüber nachdachte, desto passender erschien er ihm...

Er legte den Papierbogen mit den Ergebnissen auf Elvira's Schreibtisch und wandte sich wieder gen Türe, dabei streifte er versehentlich die Lehne ihres Drehstuhls. Mit einem leisen Klatschen fiel ihre große braune Lederhandtasche zu Boden und ein Teil des Inhaltes purzelte auf den Boden. Hartmut bückte sich, um die überall verstreuten Sachen wieder einzusammeln und in der Tasche zu verstauen.

Was Frauen alles immer so für ein Sammelsurium in ihren Taschen hatten... Lippenstift, Spiegel, Schlüssel, ein Mini-Regenschirm, Tempotaschentücher, ein Notizbuch, Kopfschmerztabletten... tja, was Frau so braucht... Hoppla, seit wann hat Elvira denn Verdauungsprobleme, dachte er, als ihm ein Fläschchen mit Laxoberal – Tropfen entgegen kullerte. Da sprach er sie aber besser nicht drauf an... wäre ihr bestimmt peinlich, und ihm auch!

Er hatte alles glücklich wieder untergebracht und schritt gerade durch die Tür ins Foyer, als ihm Elvira quasi in die Arme lief. Das war ja knapp gewesen, sie wäre bestimmt nicht in Begeisterung ausgebrochen, wenn sie gesehen hätte er dass er ihre Tasche, wenn auch nicht absichtlich, heruntergeworfen hatte!

„Ich hab dir eine neue Ergebnisliste vom Fachinformatiker-Kurs auf den Tisch gelegt, kannst du ja bei Gelegenheit eingeben!" teilte er ihr im Vorbeigehen mit, „ich mache jetzt Feierabend!"

„Ja ist gut, dann weiss ich Bescheid, bis morgen dann!" gab Elvira zurück, sie wirkte im Gegensatz zu ihrer gereizten und nervösen Stimmung in den letzten Tagen ziemlich zufrieden auf Hartmut.

Mit einem etwas fragenden Gesichtsausdruck sah Hartmut ihr nach. Woher die gute Laune wohl kam? Irgendwie beschlich ihn ein ungutes Gefühl dabei, auch wenn er überhaupt nicht erklären konnte, wieso.

Überreizte Nerven wahrscheinlich – kein Wunder, nach all der Aufregung in der letzten Zeit! Nun, er würde sich jetzt seine Tasche schnappen und wirklich nach Hause fahren, oder noch besser, er fuhr erstmal in den Wald und nahm seinen Fotoapparat mit. Das hatte er seit Silvia's Tod nicht mehr getan!

Thomas speicherte noch schnell die letzte Version seines Seminar-Vortrages für die nächste Woche ab und packte dann langsam seine Sachen zusammen, er freute sich schon auf seinen Feierabend. Seit langer Zeit machte er mal wieder pünktlich Schluss, und die Aussicht, an diesem herrlich warmen goldenen Sommerabend im Wald Laufen zu gehen, lockte ihn förmlich von seinem Schreibtisch weg.

Überhaupt hatten sich seine Nerven nach den aufwühlenden Ereignissen wieder ziemlich beruhigt. Klar, der Kommissar hatte natürlich den Täter noch nicht gefunden, und Thomas war sich bewusst, dass er immer noch im Kreuzfeuer dessen Verdächtigungen stand. Aber er vertraute einfach darauf, dass die Wahrheit schon noch ans Licht kommen würde, und damit auch seine Unschuld. Und die Unschuld Evas... Er musste beim Gedanken an sie automatisch lächeln... ob sie heute wohl auch das herrliche Wetter genutzt hatte und vielleicht mit dem Rad draußen unterwegs gewesen war? Sie müssten unbedingt mal zusammen Laufen oder Radeln gehen...

Mit einem selbstironischen Schmunzeln griff Thomas nach seiner Tasche, denn einerseits hatte er sich ja selbst die Auflage gemacht, sich noch mehr Zeit zu lassen, was Eva betraf. Ja, irgendwie auch um der Kinder willen, um ihnen nicht zuviel Verwirrung und Veränderung auf einmal zuzumuten. Und eben um seiner eigenen Entscheidung noch mehr Sicherheit und Festigkeit zu geben und nichts zu vermischen.

Aber wenn er ehrlich war, lebte er in Gedanken doch schon längst sein Leben mit Eva, sonst würde er nicht wie eben überlegen, dass sie miteinander laufen gehen sollten. Tja, und wie oft hatte er sich schon gefragt, was sie wohl zu diesem oder jenem denken würde, oder sich vorgestellt, wie sie eng nebeneinander in einem Café sitzen würden und einen romantischen Abend miteinander geniessen würden. Also ehrlich, ein Mann der sich nach einem romantischen Abend sehnte, musste wirklich mehr als verliebt sein!

Langsam schlenderte Thomas in seine Gedanken vertieft aus dem Gebäude und machte sich in der warmen Luft auf den Weg zur Bushaltestelle. Es standen schon einige Leute wartend an der Haltebucht. Eine Frau mit dunkelblonden Locken stand etwas abseits und hielt ihr Gesicht genüsslich der Sonne entgegen. Von der Figur und der Haarfarbe her erinnerte sie ihn irgendwie sehr an Eva. So weit war er also schon... so verliebt, dass er sie überall sah, oh je...

Als er der Haltestelle näher kam, wandte ebendiese Frau ihr Gesicht zu ihm hin und nahm ihre Sonnenbrille ab. Sein Herz machte einen Satz - nicht zu fassen, es war tatsächlich Eva! Sie kam in ihrem dunkelgeblümten kurzen Sommerkleid auf ihn zu, und unwillkürlich fiel sein Blick auf ihre langen, von der Sonne gebräunten Beine, er konnte kaum weg sehen. Sie lächelte ihn schon von weitem an, und scheinbar konnte sie ihre Augen genauso wenig von ihm lassen wie er von ihr, denn beinahe hätte sie einen Passanten angerempelt, als sie auf ihn zusteuerte. Sehr tröstlich, dass sie beide das gleiche „Problem" hatten, dachte Thomas mit einem breiten zufriedenen

Grinsen - diese Beobachtung erfüllte ihn mit einer herrlichen Leichtigkeit, weil sie eigentlich nur bedeuten konnte, dass Eva ihn immer noch liebte und wollte... So wie er sie...

Eva hatte Thomas schon von weitem an seinem federnden, lässigen Gang erkannt. Und sein Gesicht hätte sie wohl auch unter hunderten gefunden... Sie konnte bei seinem Anblick einfach nicht anders, sie musste ihn ganz automatisch mit aller Wärme anstrahlen! Sie wusste ja, dass sie ihn sehen würde, und dennoch, ihr Herz machte einen Riesensprung, als er tatsächlich um die Kurve bog. Und oh, er konnte wahrhaftig seine Augen nicht von ihr lassen! Wäre sie eine Katze gewesen, hätte sie in diesem Augenblick laut und sehr zufrieden geschnurrt... Sie bekam kaum mit, dass sie beinahe gegen einen älteren Herrn gelaufen wäre, der im letzten Augenblick auswich. Nun standen die beiden dicht voreinander, beide ihr warmes, entrücktes Lächeln im Gesicht und die blauen Augen tief ineinander versenkt. Sie sahen sich einfach nur an, ohne jegliches Zeitgefühl - und in diesen Blicken lag alles, was beide sich tief in ihrem Herzen wünschten... Liebe, Wärme, Zuhause, Lachen, Anziehung, Leidenschaft, Verstehen, Freiheit, Achtung, Hingabe, und noch so viel mehr.

Wie Verdurstende sogen Thomas und Eva alles auf, was sie in den Augen des anderen sahen, und ohne etwas zu sagen, lag in diesen Augen-Blicken ein felsenfestes Versprechen und eine tiefe Verbundenheit, die keine Zweifel, keine Ängste, keine Sekretärin und kein Kommissar mehr komplett zerstören konnte...

Thomas's Bus fuhr unbeachtet in die Haltebucht ein und ohne ihn wieder los. Die beiden schraken erst aus ihrer Selbstvergessenheit auf, als ein Auto mit einem kurzen Hupen an ihnen vorbei fuhr. Wer das wohl war? Das Auto war schon zu weit weg, als die beiden ihre Blicke von einander lösten und dem Wagen hinterher sahen.

Damit war allerdings auch der Bann gebrochen und Eva und Thomas in die Realität zurückgekehrt, doch auch die profane Wirklichkeit von Autoabgasen und Strassenlärm konnte nicht mehr die Verbundenheit zwischen ihnen vertreiben.

„Ich muss... dir unbedingt einiges sagen...“ begann Eva, noch leicht benommen von dem atemberaubenden Moment zwischen ihnen. Es fiel ihr schwer, ihre Augen von Thomas's Gesicht zu lösen und sich auf das zu konzentrieren, was sie mit ihm bereden wollte.

„Also, ich sage jetzt einfach du...“

„Na klar, finde ich auch besser!“ lächelte Thomas mit einem kurzen Aufleuchten in den Augen zurück. „Aber neugierig bin ich schon, was Du mir sagen willst. Ich hätte da auch einiges auf Lager... Sollen wir uns drüben in der Konditorei einfach ins Café setzen?“

„Ja, super Idee, das machen wir.“

Eva streckte ihre Hand nach dem langen Griff der Tür in dem Augenblick aus, wo Thomas auch danach griff, um sie ihr aufzuhalten. Ihre Hände berührten sich ganz leicht dabei, und so dicht hintereinander durch die Türe tretend konnten beide die körperliche Nähe des anderen fast mit Händen greifen. Was machte dieser Mann nur mit ihr? dachte Eva und schielte nach links zu seinen blauen Augen hoch, die er ihr daraufhin mit einem fast verstörend innigen Ausdruck zuwandte.

Nachdem sie beide ihren Kaffee an der Theke erhalten hatten, balancierte Thomas das Tablett mit ihren Getränken zu einem freien Tischchen in einer Ecke am Fenster und sie liessen sich auf den bequemen Stühlen einander gegenüber nieder. Irgendwie merkwürdig, plötzlich einfach so mit ihm im Café zu sitzen, sinnierte Eva, während sie einen tiefen Zug aus ihrer Kaffeetasse trank. Und sie gingen auch auf einmal so unbefangen miteinander um... hoffentlich blieb das auch so!

„Wer zuerst?" grinste Thomas über den Rand seines Kaffeebechers hinweg.

„Wir können ja losen..." witzelte Eva, „wer zuerst seinen Becher leer hat, oder so! Nein, im Ernst, fang du einfach an. Gibt es etwas neues von Hoffmann?"

Thomas's breites unbeschwertes Lächeln wich einer ernsten Miene, und Eva dachte, dass es sich anfühlte, als wenn die Sonne hinter einer grauen Wolke verschwand.

„Oh ja, Hoffmann. Da gibt es in der Tat etwas neues! Es ist ein dritter Brief aufgetaucht...!" Eva hätte beinahe vor Überraschung ihren Kaffee in den Becher zurückgespuckt.

„Wie bitte? Ein dritter Brief? Meinst du, so einer wie... die, die ich dir damals... geschrieben hab?"

„Jein, eigentlich viel schlimmer!"

„Wieso?"

„Na ja... es standen ziemlich eindeutige sexuelle Anspielungen zu uns beiden drin." Thomas konnte zu seinem Entsetzen nicht verhindern, dass ihm die Röte ins Gesicht stieg, aber er schaute Eva standhaft dabei in die Augen. Auch Evas Gesicht färbte sich bei seinen Worten dunkler, doch auch sie wich seinem Blick nicht aus.

„Und es war dein Name drunter, aber ich habe nicht eine Sekunde geglaubt, dass er wirklich von dir ist. Es war einfach nicht Dein Stil..."

„Na, da bin ich ja beruhigt, dass es nicht mein Stil ist..." grinste Eva schief. „Aber das ist ja ganz schön heftig - falls Hoffmann das glaubt, sitzen wir ganz schön in der Tinte!"

„Ich glaub, ich konnte ihm das einigermassen ausreden, weil der Brief mit dem PC geschrieben wurde. Aber hundert pro weiss man das bei dem nie! Und er lässt sich auch nicht wirklich in die Karten gucken, aber das ist ja klar. Allmählich denke ich aber, er weiss selbst nicht recht weiter!"

„Na, da hätte ich vielleicht was für ihn, aber ich bin nicht sicher, ob er mir das nicht als Ablenkungsmanöver auslegt, erst recht nach dem dritten Brief! Mir ist nämlich aufgegangen, dass es nur deine Sekretärin gewesen sein kann, die das Gerücht in die Welt gesetzt hat, dass du Frau Rieger zuletzt gesehen hättest!"

„Was? Bist du dir sicher?"

„Na, überleg doch mal. Sie hat gesagt, dass sie mich gesehen hat an dem Abend." Evas Gesicht färbte sich erneut rosa unter ihren Sommersprossen, während sie weiter sprach. „Und das bedeutet, dass das in jedem Fall eine Lüge in Bezug auf dich sein muss, denn ich weiss ja, dass dein Auto schon weg war. Letzteres habe ich auch ausgesagt, aber irgendwie hat keiner von uns kapiert, was das bedeuten könnte, nicht mal Hoffmann!"

Thomas stiess seinen Atem langsam aus und schüttelte seinen Kopf.

„Das ist ja nun wirklich armselig von ihr. Was hat sie denn davon?

„Wenn man das wüsste...! Aber immerhin ist sie dadurch vermutlich diejenige, die Silvia zuletzt gesehen hat. Und nicht du, oder ich!"

„Dann war sie es auch bestimmt, die Hoffmann den Floh ins Ohr gesetzt hat, wir hätten eine Affäre. Oder was denkst du?"

„Zutrauen würde ich es ihr mittlerweile glatt..."

„Irgendwie traurig, das alles. Ich habe ihr als meiner Sekretärin tatsächlich mal vertraut...!" „Davon würde ich dir dann doch eher abraten, zumindest was dein Privatleben angeht. Du weisst, doch, sie hat die persönlich – vertraulich an dich adressierten Briefe von mir damals aufgemacht..."

Thomas's Augen weiteten sich, und mit einem heftigen Ruck setzte er seinen Kaffeebecher ab, sodass ein Teil davon herausspritzte. Eva griff nach der Papierserviette und wischte die Tropfen weg, während ihr dämmerte, dass Thomas das wohl gar nicht klar gewesen sein musste.

„Die waren vertraulich gewesen? Das gibt's doch nicht!"

„Na klar, was dachtest du denn? Dass ich freiwillig mein Gefühlsleben der Brockhaus und damit gleich der gesamten BAM präsentiere?"

„Ich hab mich schon sehr gewundert und auch geärgert, dass du die da einfach so hinschickst, wo sie jeder öffnen kann. Und ich war ganz schön unter Druck dadurch, weisst du? Weil da alle dachten, ich hätte meine Position ausgenutzt."

„Im Rückblick ist mir das auch alles klar geworden, das muss heftig gewesen sein für dich. Es tut mir echt leid, aber das konnte ich ja auch nicht ahnen, dass die so indiskret ist. Schade, dass wir da nicht längst mal drüber gesprochen haben..."

Eva sagte das letzte mit einem leisen Vorwurf in der Stimme und einem wehmütigen Ausdruck in den Augen. Thomas senkte betreten den Kopf

„Ach Eva... was für ein Durcheinander. Damals war alles so aufgepeitscht, ich hatte nicht wirklich einen klaren Kopf, verstehst du?"

Er sah Eva wieder an mit der Hoffnung, in ihrem Blick etwas Verständnis zu lesen. Sie hatte ihre Augen niedergeschlagen und sah langsam auf bei seinen Worten. Und die Sonne, die ihm da warm entgegen strahlte, war mehr als nur vergebend und vergessend... Thomas schob seine Hand über den Tisch, um ihre Hand in der seinen spüren zu können, als sich dicht neben ihrem Platz jemand laut und vernehmlich räusperte.

Die beiden wandten ihren Kopf hoch und sahen auf in Kommissar Hoffmanns grauen Bart. Dieser verzog seinen Mund zu einem süffisanten Grinsen, während er laut sagte:

„Na, störe ich Sie beide?"

„Nein, Sie doch nicht..." lächelte Eva charmant und schlagfertig zurück und Thomas konnte sich dabei ein Lächeln nicht verbeissen.

„Im Ernst, Herr Hoffmann, wir haben gerade von Ihnen gesprochen. Sie kommen quasi wie gerufen..." ergänzte Thomas Evas Replik.

„Ernsthaft? Und das aus Ihrem Mund, Herr Feldmann!" flachste Hoffmann amüsiert und gleichzeitig auch etwas irritiert zurück, denn er hatte, als er die beiden zufällig bei seinem Einkauf dort sitzen sah, doch eher mit etwas mehr schuldbewusstem Ertapptsein gerechnet. Doch die zwei sassen völlig entspannt und freimütig auf ihren Stühlen und lächelten zu ihm auf.

„Ja, ernsthaft! Denn wir haben etwas entdeckt, was bisher keinem aufgefallen ist, und vielleicht hilft es ja ein bisschen weiter. Hm, vielleicht denken Sie zwar auch nur, dass wir von uns ablenken wollen, aber darauf lassen wir es ankommen, oder?" Eva sah bei ihren Worten zwischen Thomas und Hoffmann hin und her.
Hoffmanns Interesse war definitiv geweckt, und er liess sich mit seinen Brottüten unaufgefordert auf den freien Stuhl am Tisch der beiden fallen.

„Na, dann schiessen Sie mal los. Sie haben mich schon ein wenig neugierig gemacht, das kann ich nicht leugnen."

„Nun, Frau Stark hat mir eben etwas erzählt, was ein anderes Licht auf die Aussagen von Frau Brockhaus wirft..." Hoffmann zog interessiert die Augenbrauen hoch.

„Frau Brockhaus hat doch behauptet, ich müsse der letzte gewesen sein, der Kontakt mit Silvia Rieger hatte. Wie kann sie aber gleichzeitig mich gesehen haben, wenn sie auch Frau Stark's Auto gesehen hat? Denn Frau

Stark wiederum kann ja bezeugen, dass sie sowohl das Licht im Sekretariat und Frau Brockhaus's Auto noch gesehen hat, sowie dass mein Auto definitiv schon weg war! Damit hat meine Sekretärin sich doch ohne es zu merken, komplett selbst widersprochen. Und sie kommt damit letztlich selbst als diejenige in Frage, die Frau Rieger vermutlich zuletzt gesehen hat. Aber irgendwie hat den Zusammenhang keiner so wirklich gesehen..."

„Nein, nicht einmal ich..." murmelte Hoffmann halblaut und etwas kleinlaut vor sich hin und setzte dann etwas lauter hinzu:

„Ich gebe es ja nur ungern zu, aber diese Interpretationsvariante habe ich wirklich nicht beachtet, ich habe lediglich gesehen, dass hier Aussage gegen Aussage steht. Ich werde der Sache selbstverständlich nachgehen, denn solche Widersprüchlichkeiten müssen in jedem Fall ausgeräumt werden."

„Ja, das dachten wir auch. Also zumindest, dass wir Ihnen das zur Kenntnis bringen sollten..."

„Aber nicht dass Sie jetzt denken, Sie beide wären damit aus dem Schneider. Der Vorwurf mit der Affäre, und damit ein glänzendes Motiv für Sie, ist noch lange nicht vom Tisch! Zumal ich Sie beide hier so zweisam hier vorgefunden habe..."

„Nein, natürlich nicht! Wie kommen Sie denn darauf, dass wir das denken würden!" Eva und Thomas verdrehten mit gespielter Verzweiflung fast synchron die Augen bei Thomas's Antwort.

Hoffmann konnte sein Schmunzeln nur mit sehr viel Beherrschung unterdrücken, trotzdem erwiderte er mit stoischer Miene:

„Nehmen Sie das bitte ernst. Sie können davon ausgehen, dass ich sehr hartnäckig bin und erst Ruhe geben werde, wenn hier alle Zweifel ausgeräumt sind. "

„Das kann uns ja nur recht sein!" gab Eva lächelnd zurück, „denn niemand kann an einer vollständigen Aufklärung mehr gelegen sein als uns..."

„Nun, dann will ich Sie mal wieder sich selbst überlassen!" Hoffmann erhob sich mit diesen Worten von seinem Stuhl, griff sich seine Tüten und nickte den beiden noch kurz zu, bevor er die Konditorei durch den Haupteingang verliess.

„Das ist doch gar nicht so schlecht gelaufen, oder? Aber ich glaube, er hat schon gemerkt, das wir seinen Verdacht nicht mehr hundert pro ernst nehmen!" lächelte Thomas zu Eva. „Ja, das hab ich auch gedacht, und recht hat er! Ist ja nur zu offensichtlich, dass er nicht so recht weiter weiss...!" erwiderte sie mit einem strahlenden Lächeln, das mehr seinen warm auf ihr ruhenden blauen Augen als dem Inhalt ihres Wortwechsels galt.

Je länger sie ihm hier so gegenüber sass, desto mehr entglitt ihr die Konzentration auf das Thema des Abends. Furchtbar, dass ein einzelner Mensch einen solchen Einfluss auf einen haben konnte... Ob er seine Wirkung auf sie wohl bemerkte? Vielleicht ging es ihm ja ähnlich mit ihr... jedenfalls könnte man das denken, wenn man so den ein oder anderen Blick von ihm auffing.

Gerade als Eva den Mund öffnen wollte, um Thomas zu fragen, ob und wie sie den angebrochenen Abend weiter miteinander verbringen wollten, zerriss das Klingeln seines Handys in seiner Hosentasche die prickelnde Stimmung zwischen ihnen.

„Wer ist das denn jetzt?" schnaufte Thomas mit genervtem Stirnrunzeln, fischte das Handy heraus und warf einen Blick auf das Display, auf dem die Handynummer von Elvira aufblinkte.

„Wenn man vom Teufel spricht... Elvira...!" raunte er noch zu Eva, bevor er mit einem kurz angebundenen „Ja, was ist denn? Ich habe Feierabend!" den Anruf annahm.

Während Elvira's Stimme aus dem Hörer tönte, nahm Thomas's Miene einen ernsten und besorgten Ausdruck an.

„Was sagst du? Die Kleine hat Fieber?... Wieso rufst du mich denn dann an, und nicht die Mama?...Ach so, sie hat in der Firma angerufen... Ja ist gut, ich mach mich auf den Heimweg. Bin in einer guten Viertelstunde dort."

Er legte auf, legte das Handy auf den Tisch und stützte für einen Moment seine Kopf in seine Hände, bevor er beide quasi wie resignierend flach auf den Tisch legte.

Bei seinen Worten war Eva sofort klar, dass damit der Abend mit Thomas beendet war, was sie auf der einen Seite natürlich zutiefst bedauerte, aber andererseits war es für sie selbstverständlich, dass Thomas's Sorge um sein Kind Vorrang hatte und sie fühlte irgendwie auch mit ihm. Hätte sie Kinder, würde sie nicht anders handeln.

„Deine kleine Tochter ist krank? Oh Mann, das tut mir leid, sieh zu, dass Du nach Hause kommst..." Eva berührte sanft Thomas's Handrücken mit ihren Fingern, und bei dieser Berührung trafen sich ihre Augen zu einem gleichzeitig verstehenden und bedauernden Blick.

„Es tut mir leid, ich wünschte, dieser Abend müsste nicht so abrupt enden. Ich dachte eigentlich, wir könnten noch ein bisschen länger zusammen sitzen und... weisst du was, ich melde mich einfach bei Dir. Bestimmt geht es der Kleinen bald besser, und dann machen wir da weiter, wo wir eben aufgehört haben. Sei nicht böse, okay?"

„Niemals könnte ich deswegen böse sein, Thomas, ist doch klar, das du jetzt bei deinem Kind sein willst. Mach dir keinen Kopf!"

Thomas erhob sich mit einem dankbaren Blick auf Eva, wie gut, dass sie nicht so zickig wie die meisten anderen Frauen auf den so plötzlich und unfreiwillig abgebrochenen Abend reagierte. Sie stand auch langsam auf, und durch den entstandenen Luftzug umwehte ihn leicht der Duft ihres Parfüms. Thomas atmete tief durch, und in seinem Inneren gaben sich die sehnsüchtig faszinierten Regungen die Klinke in die Hand mit den sorgenvollen Ängsten um seine kleine Tochter. Elvira hatte schon leicht panisch geklungen...

Sein Gesicht dicht über Evas, sah er sie noch einmal intensiv und lange an, bevor sich seine Tasche vom Stuhl herunter griff und mit einem leisen Seufzer die Konditorei in Richtung Bushaltestelle verliess. Unter anderen

Vorzeichen hätte er wohl heute Abend all seinen wohl-
meinenden Vorsätzen den Laufpass gegeben und Eva in
diesem intensiven Augenblick mit tiefster Leidenschaft
geküsst...

Eine knappe halbe Stunde später betrat Thomas den Rasen vor seiner Haustür mit leicht verwundertem Gesichtsausdruck. Das Auto stand nicht da, und alle Zimmer waren dunkel, nirgendwo brannte Licht. Seltsam! Er drehte den Schlüssel im Schloss um, und während er den Flur betrat, rief er nach seinen Töchtern.

Keine Antwort. Gut, die Kleine lag ja wohl im Bett, aber dass die Grosse auch nicht zu hören war, wunderte ihn schon. Ausserdem war immer noch alles dunkel im Haus, obwohl die Sonne draussen längst hinter den Hügeln verschwunden war und die rosa Dämmerung sich schon langsam ausbreitete.

Thomas betrat die Küche, auch hier war nichts und niemand zu sehen. Allmählich beschlich ihn ein ängstliches Kribbeln, hier stimmte etwas nicht. Ging es der Kleinen etwa so schlecht, dass sie ins Krankenhaus musste? Das wäre ja schlimm! Noch während er seinen Gedanken nicht zu Ende gedacht hatte, fiel sein Blick auf einen in grossen Druckbuchstaben beschriebenen DIN A 4 Zettel auf dem Küchentisch. Die Worte, die seine Augen aufnahmen, fanden jedoch nur langsam den Weg in seinen Verstand.

„Deine Kinder sind weg. Und wenn du nicht die Finger von diesem Flittchen lässt, wirst du sie auch so schnell nicht wiedersehen."

Immer wieder las er die Sätze halblaut vor sich hin, und je mehr er den Sinn erfasste, desto enger zog sich ein Panzer von Panik und Schmerz um seine Brust. Wie konnte sie so etwas machen? Sie wusste doch ganz genau, wie sehr er seine Kinder liebte... und wie diese wiederum an ihm hingen! Mit nichts konnte sie ihn mehr treffen, als ihm seine Kinder zu entziehen.

Ja, und wahrscheinlich war genau das der Sinn dieser Aktion. Von wegen ruhige Reaktion auf die Trennung! Sie hatte nur auf einen passenden Augenblick gewartet, um ihm dann diese Breitseite verpassen zu können. Dass sie enttäuscht von ihm war, klar, das verstand er. Manchmal war er es ja auch von sich selbst, wenn er an das Aufgeben seiner Ehe und das ganze Hin und Her mit seinem Gefühlschaos dachte. Aber dass sie so einen Weg wählte und einfach ohne Worte einen solchen Zettel hinwarf, hätte er ihr nicht zugetraut.

Und dann schaltete sie auch noch Elvira ein, um ihn nach Hause zu holen mit der Sorge um sein Kind. Das war wirklich die Höhe! Die Wut stieg immer höher in ihm, er griff nach dem Zettel, zerknüllte ihn in seiner Faust und warf ihn an die Wand. Der kleine Papierballen kullerte herab und landete neben einem kleinen bunten Stoffpüppchen, mit dem seine Kleine oft spielte, auf dem Boden. Er nahm das Püppchen in die Hand, und während er es ansah, fühlte er die Leere des Vermissen in seinem Herzen explodieren.

Hätte er sich doch nur nicht getrennt, dann könnten seine zwei Mädchen jetzt fröhlich neben ihm spielen... Das Gedankenkarussell in seinem Kopf begann sich immer schneller zu drehen, fachte seine Wut nur noch mehr an und schleuderte immer neue Vorwürfe in seine Gefühlswelt.

Sein Blick für die Realität verdrehte sich mit der gleichen Geschwindigkeit wie er seiner Wut und Angst Raum gab... Was hatte ihn nur geritten, für seine romantischen Anwandlungen das Leben mit seinem eigenen Fleisch und Blut aufs Spiel zu setzen? Hätte er doch nur nie seinen Gefühlen für Eva Raum gegeben! Und heute hatte er sie nicht nur wie sonst mit seinen Blicken bedacht, heute hätte er sich auch noch beinahe zu ihr bekannt. So ein Blödsinn! Hätte er sie nur nie getroffen, dann könnte sein Leben noch in ruhigen Bahnen verlaufen!

Aber auch in leeren und kalten Bahnen voller Selbstbetrug und anderen vorgegaukelter heiler Gefühlswelt... mahnte eine leise Stimme in einem ruhigeren Winkel seines tobenden Herzens.

„Ich will doch nur meine süssen Kinder zurück... bitte!" so tönte es in ihm.

„Und was ist mit Eva?" kam postwendend die innere Gegenfrage.

„Eva soll mich einfach nur in Ruhe lassen, die soll sich aus meinem Leben fern halten. Durch sie ist alles ins Wanken gekommen... wenn sie nicht ständig an der BAM aufgetaucht wäre, könnte ich meine Kinder jetzt noch im Arm halten. Genau genommen hat sie mich doch die ganze Zeit so lange bearbeitet, bis ich nachgeben musste..." ereiferte sich panisch seine angstvolle Vaterseele mit aller Macht gegen das warme tiefe Empfinden für die Frau, die er jetzt wieder aus seinem Leben zu drängen versuchte.

Kurz entschlossen griff er nach seinem Handy, um die Mutter seiner Kinder anzurufen, und sie zu bitten mit den beiden Mädchen zu ihm zurückzukehren. Er liess es lange klingeln, aber schlussendlich hörte er nur das gelangweilte Piepen der Mailbox. Ohne etwas darauf zu sprechen, legte er wieder auf und starrte auf das Display, ohne es wirklich zu ansehen. Er musste irgendetwas tun. Aber was?

Thomas setzte sich wieder an den Küchentisch, packte seinen Laptop aus und klappte ihn auf. Er wollte Eva in aller Deutlichkeit klar machen, dass sie ihn ein für alle mal in Ruhe lassen sollte. Es ging doch nicht an, dass sie sich immer wieder aufdrängte und ihn nicht sein Leben leben liess! Was sollte das eigentlich, dass sie immer wieder vor der BAM rumlungerte oder versuchte, ihn in Gespräche über ihre „Beziehung" zueinander zu verwickeln? Er hatte sich schon viel zu weit da hinein ziehen und zu solch intensiven Momenten hinreissen lassen... Und was war nun die Konsequenz... seine Kinder waren weg!

Mit harten und schneidenden Worten schrieb er einen sehr förmlichen Brief, in dem er sich gegen Eva's wiederholtes Aufdrängen verwahrte und deutlich machte, dass er doch damals schon einmal versucht habe, ihr klar zu machen, dass er kein Interesse an privatem Kontakt mit ihr habe. Das habe sie wohl nicht ernst genommen, und er fühle sich durch ihre häufige Anwesenheit vor der BAM und ihre Versuche, mit ihm in Kontakt zu treten, belästigt.

Dass er damit indirekt eingestand, dass Eva ihn komplett aus der Ruhe brachte und er sich damit eigentlich nur noch mehr als verliebt „outete", fiel ihm in seiner Rage nicht wirklich auf. Und er bedachte erst recht nicht, was diese Zeilen in Eva's Herz anrichten würden...

Auch seine anderen, eigentlich klaren Eingeständnisse vor sich selbst und sein deutliches Bekenntnis vor Hoffmann waren komplett vergessen in diesen Augenblicken voller Sehnsucht und Panik um seine Kinder.

Ohne den Brief noch einmal durchzulesen, steckte er ihn in ein vorfrankiertes BAM-Kuvert aus seiner Tasche, klebte ihn zu und stürmte wie ein Flüchtender aus dem Haus, um den Brief in den nahegelegenen Briefkasten zu werfen.

Mit einem blechernen Scheppern fiel die Klappe des Briefkastens zu, und Thomas zuckte unwillkürlich zusammen. Wirklich entlastet fühlte er sich jetzt zwar auch nicht, aber immerhin hatte er einen ersten Schritt getan, um seine Kinder behalten und zu seinem gewohnten Leben zurückkehren zu können.

Trotzdem fühlte er sich, als wäre ein wertvoller und echter Teil von ihm mit in den Briefkasten gefallen, quasi als wäre etwas kostbar-warmes und heimatliches auf der Strecke geblieben oder mit der Abendsonne hinter dem Wald verschwunden.

Unglaublich müde und trotzdem mit angespanntem Körper lief Thomas eilig zurück zum Haus. Stundenlang könnte er jetzt laufen, einfach immer nur laufen... und alles vergessen dabei. Aber das war unsinnig im Moment, er wollte lieber noch einmal versuchen, etwas zu erreichen um seine Kinder zurückzuholen. Vielleicht meldete sich ja jetzt jemand am Handy...

Er warf einen Blick auf sein eigenes Mobiltelefon und sah mit aufflammender Aufmerksamkeit eine Nachricht im Display blinken.

Schade, nur von Elvira. Sie wollte ihm hiermit Bescheid sagen, dass sie in den nächsten 5 Tagen nicht auf der Arbeit erscheinen könne, sie sei kurzfristig erkrankt. Na, das war jetzt auch nicht schade, brummte Thomas, es interessierte ihn momentan nicht wirklich, was im Kopf seiner Sekretärin vorging. Hm, vor ein paar Stunden war sie ja noch putzmunter gewesen, aber manchmal ging es ja schnell mit einer Grippe oder Magen-Darm-Geschichte...

Enttäuscht wandte er sich zu seinem Garteneingang und trottete langsam den Weg zum Haus entlang. Am besten, er versuchte jetzt, einfach mal ein bisschen zur Ruhe zu kommen und verschob seine Pläne wegen seiner Kinder auf morgen. Heute konnte er nichts mehr ausrichten.

Eva hatte sich derweil noch einmal auf ihrem Platz im Café niedergelassen, nachdem sie sich noch einen frischen Kaffee geholt hatte. Nachdenklich und etwas abwesend rührte sie in dem heissen Getränk. Eigentlich war es ja alles in allem ein anrührender und vielversprechender Abend gewesen. Sie hatten die Sache mit der Sekretärin besprechen können und selbst die Begegnung mit Hoffmann war ja nicht zum Schlechten verlaufen, zumindest hatte er nicht abweisend reagiert. Vielleicht weil sie zu zweit waren... und das Argument einfach nicht von der Hand zu weisen war!

Ja, und Thomas... sie konnte es kaum fassen, wie intensiv und zutiefst sehnsüchtig er sie die ganze Zeit ansah. Gut, angesehen hatte er sie ja schon oft auf ähnliche Art und Weise, aber heute war es besonders deutlich gewesen. So richtig ausgesprochen hatte er zwar immer noch nicht, dass er sie liebte, aber sie hatte das Gefühl gehabt, dass er es heute getan hätte, wenn nicht der Anruf dazwischen gekommen wäre.

Aber es war ja irgendwie auch wieder mal typisch... wie immer, wenn sich zwischen ihnen beiden etwas bewegte, kam auch jedes mal ein Querschläger dazwischen und Thomas machte wieder einen Rückzieher, der vorerst das Gegenteil zu bewirken schien.

„Was für eine Never - ending – story..." seufzte sie, und fuhr sich mit beiden Händen durch ihre Locken. Als wäre ihr Leben etwas geordneter, wenn sie nur ihre Haare ordnete... tatsächlich wirkte ihre Frisur danach nur noch zerwühlter als vorher, wie sie amüsiert bei einem Blick in die spiegelnde Scheibe feststellte. Wie bei Thomas, grinste sie über sich selbst - und ihn... Sie stand langsam auf, verräumte das Tablett mit all den schmutzigen Tassen und verliess dann das Café, um langsam und gedankenverloren in der lauen, rosa Abendluft zu ihrem Auto und nach Hause zurückzukehren.

Ein gewisser grosser, sportlich gebauter und sie mit seinen blauen Augen schon von weitem warm anleuchtender Mann erschien dabei des öfteren vor ihrem inneren Auge und fachte ihre sehnsüchtigen Träume von einer süssen Zukunft mit ebendiesem Mann weiter an...

Hartmut hatte sich nach seiner Erholungspause mit seinem Fotoapparat und dem Ausflug in den Wald wesentlich entspannter als vorher wieder in sein Auto begeben. Als er sich nun auf den Heimweg machte und in den stockenden Verkehr auf der Hauptstrasse einfädelte, sah er Thomas's grosse unverwechselbare Gestalt an der Bushaltestelle stehen. Gut, dass der auch mal pünktlich Feierabend machte, die letzte Zeit musste ihn schliesslich auch ganz schön mitgenommen haben.

Unwillkürlich fuhr Hartmut noch langsamer, und dabei sah er, dass Thomas sich nicht alleine an der Bushaltestelle befand. Eva stand dicht vor ihm und es sah aus, als würden sich die beiden jeden Moment küssen, so wie ihre Gesichter einander zugewandt waren. Das konnte doch nicht wahr sein!

Da hatte Hoffmann die ganze Zeit wohl doch mit seiner Vermutung recht gehabt. Hartmut verzog sein Gesicht zu einer enttäuschen Grimasse. Das hätte Thomas ihm schon ruhig sagen können, dass die beiden doch zusammen waren, es war doch eigentlich nichts schlimmes mehr dabei, zumal Thomas's Ehe ja scheinbar sowieso keine mehr war und Eva schon längst nicht mehr an der BAM war. Vor ihm sprang die Ampel auf grün und er fuhr langsam wieder an.

Wieso verschwieg sein Vorgesetzter das dann und tat so, als wäre nichts? Traute er ihm nicht? Nun, wenn das doch schon viel länger so ging, wäre das ein Grund. Und was viel schlimmer war, dann hatten beide sehr wohl das Motiv, Silvia zum Schweigen zu bringen... hatte er doch dem falschen vertraut? Er konnte und wollte einfach nicht glauben, dass ausgerechnet Thomas zu so etwas fähig war, und doch musste er sich jetzt mit diesem Gedanken auseinandersetzen. Es konnte ja nur so sein... es passte jetzt einfach alles zusammen. Also doch nicht Elvira? Er schlug ärgerlich und wütend mit der geballten Faust auf sein Lenkrad, und löste damit prompt die Hupe aus. Im Rückspiegel konnte er gerade noch sehen, wie Eva und Thomas aus ihrer gebannten Haltung aufwachten und in die Richtung blickten, aus der das Hupgeräusch gekommen war. Die Störung geschah ihnen recht, da konnten sie sich jetzt mal ein bisschen Gedanken, und hoffentlich auch ein Gewissen machen...

Hartmut rückte seine Brille zurecht und grübelte, wie er weiter vorgehen sollte. Am besten, er redete mit niemandem ausser Hoffmann über seine Entdeckung. Schade, dass er dessen Handynummer nicht besass, sonst hätte er ihn direkt informieren können. Nun, da musste er sich bis morgen früh gedulden, Hoffmann war ja bestimmt wieder in der BAM. Vielleicht war es auch besser so, bis morgen konnte er seine aufgewühlten Gedanken bestimmt noch etwas klarer und unaufgeregter formulieren. Mit diesen Überlegungen konzentrierte sich Hartmut wieder voll auf den Autoverkehr und schaffte es sogar, sich ein wenig auf seine Fotos, die er vorhin geschossen hatte, zu freuen.

Am nächsten Morgen sass Kommissar Hoffmann mit einem gleichzeitig etwas traurigen und trotzdem amüsierten Gesichtsausdruck in dem nun schon sehr vertrauten Gesprächsraum in der BAM. Eben war Herr Gundlach bei ihm gewesen und hatte ihm erzählt, was er an der Bushaltestelle gestern beobachtet hatte... Erst Frau Brockhaus, dann Herr Gundlach, und nicht zu vergessen Thomas und Eva - alle hatten sie etwas vorzubringen, was jemand anderen belastete. Schon interessant, wie ein bisschen Verdacht hier und eine scheinbar harmlose Frage dort alle aufscheuchte... und genauso sehr auch traurig, welche Charakterzüge da manchmal an die Oberfläche kamen... bei weitem nicht immer die positivsten...

Wobei er Gundlach seinen ernsthaften Willen, die Sache aufzuklären, schon abnahm. Andererseits sollte man seine Abneigung gegen Silvia auch nicht ganz ausser acht lassen. Dennoch liefen irgendwie auch sehr viele Fäden bei Frau Brockhaus zusammen, ob er wollte oder nicht. Sie hatte sich zudem selbst widersprochen, aber das passierte tatsächlich häufig bei Leuten, die so viel Klatsch und Tratsch zum Besten gaben, es musste nicht zwangsläufig ein Verdachtsmoment sein. Dummerweise konnte er sie nicht befragen, da sie sich kurzfristig krank gemeldet hatte, wie Thomas ihn vorhin kurz informiert hatte.

Der sah heute allerdings so richtig mitgenommen aus. Derart fahrig, ausgelaugt und nervös hatte Hoffmann ihn die ganze Zeit nicht erlebt, nicht mal, als er ihn mit seinem Verdacht so unter Druck gesetzt hatte.

Dabei hatten gestern sowohl Eva als auch Thomas so entspannt, verliebt und zum ersten mal auch im Umgang miteinander völlig gelöst und mit sich im Reinen gewirkt. Hoffmann hätte da noch schwören können, dass die beiden hier demnächst als verliebtes Paar an der BAM aufschlagen würden, und er hätte es ihnen von Herzen gegönnt, vorausgesetzt, die beiden waren unschuldig. So gelassen und unaufgeregt wie die beiden gestern auf sein plötzliches Auftreten reagiert hatten, schienen sie sich jedenfalls überhaupt nicht ertappt zu fühlen, oder das Bedürfnis zu haben, irgendetwas zu kaschieren. Nun, entweder waren sie also wirklich unschuldig, oder aber sie mussten enorm abgebrüht sein...

Aber irgendetwas musste gestern Abend noch passiert sein, was Thomas völlig aus der Fassung gebracht hatte. Er litt plötzlich ganz unverkennbar, aber ob es mit dem Fall zu tun hatte, schien Hoffmann eher zweifelhaft. Er glaubte eher an eine zwischenmenschliche oder familiäre Sache. Vermutlich gab es Probleme wegen Trennung oder der Kinder... das übliche in einer solchen Angelegenheit halt... Jedenfalls war die Veränderung in Thomas's Auftreten unübersehbar. Er schien sich nur so durch diesen Vormittag und seinen Büroalltag zu schleppen und war mit den Gedanken ziemlich abwesend. Es musste schon etwas Schwerwiegendes sein, denn so stark, wie Thomas sonst seine Gefühle im Griff hatte und von der Oberfläche weghielt, umso ungewöhnlicher war dieses deutlich sichtbare Leiden.

Oder er hatte sich mit Eva gestritten... aber so, wie die beiden sich immer ansahen, und Hoffmann kannte sie ja erst seit wenigen Wochen, glaubte er das nicht. Eher lief Thomas höchstens mal wieder vor seinen offensichtlichen Gefühlen davon, als dass er sich jetzt mit Eva „face-to-face" streiten würde...

Nun, zurück zum Fall. Irgendwie fand Hoffmann es ein wenig zu „zufällig", dass Frau Brockhaus ausgerechnet jetzt, nachdem sie Eva und Thomas zielsicher ins Rampenlicht gerückt hatte, plötzlich Gundlach mehr ins Spiel brachte. Nicht, dass er ihr das gezeigt hätte. Es wirkte jedenfalls so, als täte es ihr allmählich leid, dass Thomas so sehr im Fokus der Verdächtigungen stand. Nun blieb offen, ob sie einfach nicht wollte, dass ausgerechnet er beschuldigt wurde, oder ob sie etwas wusste, das ihn eigentlich komplett entlastete.

Vielleicht hatte sie von Anfang an nur vor gehabt, Eva zu beschuldigen und dass Thomas da mit hineingezogen wurde, war eher ein Kollateralschaden, den sie zunächst in Kauf nahm. Elvira musste wirklich sehr starke Emotionen und Abneigungen gegen Eva bzw. eine Art Beschützerinstinkt für Thomas und vielleicht seine Familie hegen, um so eine Nummer abzuziehen. Es würde aber schon zu dem Widerspruch passen, den Eva und Thomas entdeckt hatten.

Trotzdem war damit nicht geklärt, wer von all den Beteiligten jetzt tatsächlich Silvia zuletzt gesehen hatte. Und selbst wenn er das wüsste - wer sie auf dem Gewissen hatte, war davon auch noch lange nicht hundertprozentig gesichert. Hoffmann hatte noch nicht oft einen so verdrehten Fall gehabt, in dem er so gar nichts eindeutig fassbares finden konnte, und das machte ihn, ganz entgegen seiner so ruhigen und genauen Art, ganz schön nervös. Und ja, er spürte ganz deutlich all die intensiven, teils unterdrückten Emotionen aller Beteiligten, die mehr oder weniger sichtbar unter der Oberfläche brodelten. Es berührte ihn, aber er konnte überhaupt nicht einordnen, welche genau für den Fall etwas zu bedeuten hatten und welche nicht. Das passierte ihm selten...

Elvira sass mit vor Konzentration glänzenden Augen und fest um das Lenkrad gekrallten Händen auf dem Fahrersitz. Sie war die ganze Nacht durchgefahren, aber ihre Aufregung übertraf noch immer ihre Übermüdung. Das Fenster auf ihrer Seite war weit geöffnet und die auch schon für die süddeutschen Berge ziemliche warme Morgenluft strömte herein.

Sie atmete tief durch und lächelte in sich hinein, wie einfach es gewesen war, sich für die nächsten Tage von der Arbeit abzumelden. Thomas hatte es sofort geschluckt und ihr nur ein lapidares „Gute Besserung" zurück geschrieben. Okay, nach der Nachricht auf dem Küchentisch war er sicher anderweitig beschäftigt... das war eine ihrer besten Ideen gewesen, die sie in dieser Angelegenheit haben konnte. Thomas's Ex-Frau zu einem spontanen kurzen Erholungstrip in den Süden zu überreden, war nicht schwer gewesen, sie hatte schon seit der ganzen Eva-Geschichte öfter das Bedürfnis nach Abschalten geäussert. Da war es höchst willkommen gewesen, dass Elvira sich auch noch angeboten hatte, alles zu organisieren und Thomas über die Abwesenheit der Familie zu informieren...

Dass diese eine etwas anders geartete Nachricht auf dem Küchentisch hinterlassen könnte, war ihr dabei zum Glück überhaupt nicht bewusst... Und so sass also Elvira mit ihr und den zwei putzmunteren und schon ganz aufgeregten Mädchen im Auto der Familie Feldmann und brauste über die Autobahn in Richtung sonniger Süden...

Diese geniale Idee war Elvira ganz spontan gekommen, als sie auf dem Weg nach Hause Evas Gestalt an der

Bushaltestelle gesehen hatte. Die gab wohl nie auf! Denn ihr war natürlich sofort klar gewesen, auf wen diese hartnäckige Kuh es wieder abgesehen hatte, und ihr war so heftig die Galle hoch gekommen, dass ihre Gedanken sich anfingen zu überschlagen! Sie musste jetzt ganz kurzfristig handeln, sonst lief hier alles aus dem Ruder!

Und ihr war auch klar, wenn es eine Möglichkeit gab, Thomas von Eva fern zu halten, dann nur über seine Kinder, denn die liebte er über alles. Nur irgendetwas in diesem Zusammenhang konnte ihn davon abhalten, sich voll und ganz zu seinen Gefühlen zu Eva zu bekennen. Denn dass er diese hatte, das war selbst Elvira mittlerweile klar geworden, und es machte sie halb wahnsinnig, dass sie das nicht hatte unterbinden können. Wie konnte er nur... Aber egal, mit dieser Aktion würde sich das Blatt wieder wenden! Gestern Abend hatte er ja schon angerufen, aber Elvira hatte die Handys in den Kofferraum verbannt, mit dem Vorwand, dass man nur dann mal wirklich abschalten könne.

Schliesslich sollte Thomas eine Weile zappeln... Erst wenn er die Kinder lang genug vermisst hatte, würde sie ein Lebenszeichen von sich geben! Dass er darunter ziemlich leiden würde, ja das tat ihr schon leid. Aber es ging nun mal jetzt nicht mehr anders, Eva war halt zu penetrant gewesen. Vielleicht merkte er das jetzt auch endlich mal...

Ausserdem konnte Elvira durch ihre „krankheitsbedingte" Abwesenheit auch eine Zeit lang der nervigen Fragerei von Hoffmann entgehen, denn der wurde ihr langsam auch immer unangenehmer und sie wurde das Gefühl nicht los, dass er ihr nicht alles sagte, was er wusste. Und dass sie in seinen Gedankengängen nicht so positiv weg- kam, wie sie eigentlich hatte erreichen wollen...

Nun, für jetzt und heute hiess es aber erstmal, sich auf den immer dichter werden Verkehr auf der Autobahn zu konzentrieren!

Einen Tag später gegen Abend öffnete Eva nach einem langweiligen Arbeitstag - hm, es handelte sich dabei zwar eher um eine nervige befristete Beschäftigung ohne echte Perspektiven, aber egal, erstmal etwas Gehalt in der Kasse... - mehr oder weniger desinteressiert ihren Briefkasten. Wenn überhaupt Post gekommen war, gab es bestimmt nur wieder Werbung. Hm, ein einziger Geschäftsbrief lag darin. Ihr Herz zog sich zusammen, als sie im Sichtfenster über ihrer Adresse die Absenderzeile der BAM erkannte. Ob das etwas Gutes bedeuten konnte?

Sie öffnete mit dem Finger den Brief, während sie die Treppe zu ihrer Wohnung hinauf stapfte. Sie zog den gefalteten Bogen heraus und sah unter den mit dem PC geschriebenen Zeilen Thomas's prägnante runde Unterschrift prangen. Dann las sie mit immer grösser werdendem Entsetzen seine Zeilen, und je mehr sie las, desto eisiger, ja richtig taub, wurde ihr ums Herz.

Das konnte doch jetzt nicht sein Ernst sein! Er zählte darin ausführlich auf, mit welchen Kontaktaufnahmen sie ihn in letzter Zeit traktiert hätte und sie seine Mail im Frühjahr wohl nicht ernst genommen habe. Solche wütenden, schneidenden Worte von ihm? Und das, nachdem er sie auch nach der Brief-Geschichte immer so intensiv und hingerissen angesehen hatte? Das war ja schliesslich auch den anderen aufgefallen...

Aber angeblich fühlte er sich sogar durch ihre Anwesenheit bei der BAM „belästigt"... das war wirklich harter Tobak! Hätte er nur ein einziges Mal persönlich, alleine und wirklich offen mit ihr über alles geredet, hätte sie ihn ja überhaupt nicht mehr kontaktieren brauchen, zumal seine laut seinen Worten ach so private Handynummer, die sie angesimst hatte, sogar im öffentlichen Telefonbuch stand! Und wer sich in soziale Netzwerke begab, musste sich auch nicht wundern, wenn ihn jemand darüber kontaktierte! Was für ein Blödsinn, ihr das vorzuwerfen! Wie konnte er ihr nur erneut so weh tun? Warum plötzlich wieder dieses Weglaufen, vehementer und abweisender denn je?

Inhaltlich nahm sie Thomas trotz ihres Schockzustandes keines seiner Worte ab, zumal ein klares Bekenntnis zu seiner Frau, wie damals auch schon, komplett fehlte. Und wieder diese seltsam gestelzte Ausdrucksweise... zum Beispiel habe er „weder jetzt noch zukünftig Interesse an privatem Kontakt" mit Eva... hm, das Wort „verliebt" mied er ja wie der Teufel das Weihwasser... So als würde er es nicht über sich bringen, sein Verliebtsein so klar zu leugnen oder als würde er sich irgendwie doch verraten, wenn er sich nicht hinter diesem letztlich nichts sagenden Ausdruck mit dem „privaten Interesse" verbarg.

Vielleicht hielt er sich damit unbewusst auch eine Türe zu ihr offen... oh, was verbarg er bloss hinter diesen schrecklichen Zeilen? Eva's Herz war wie erstarrt, sie wünschte sich einen befreienden Strom von Tränen, aber momentan konnte sie noch nicht einmal weinen, so sehr hatten Thomas's wütende Worte sie verletzt...

Dass das alles für ihn nicht einfach war, geschenkt. Das war ihr bewusst, und sie gab ihm gerne alle Zeit der Welt, das war doch nicht der Punkt. Aber er musste doch auch sehen, wie er auf ihren Gefühlen herumtrampelte, wenn er solche Briefe schickte wie damals, oder noch schlimmer, wie dieser hier. Denn damals war wenigstens noch die Beteiligung des Sekretariates mit im Spiel, aber jetzt war alles allein „auf seinem Mist gewachsen"...

War er so überfordert mit diesem Gefühls-Durcheinander, hatte er sich so hineingesteigert in dieses Weglaufen, dass er sich zu so einer peinlichen Aktion hinreissen liess? Und dabei gar nicht mehr sehen konnte, was das für sie an Verletzung bedeutete?

Hing das Weglaufen vielleicht auch noch stärker als gedacht mit seinen Kindern zusammen, so als glaubte er, auch kein guter Vater mehr zu sein, wenn er nicht mehr mit der Mutter zusammen war? Hatte diese ihm vielleicht gedroht, ihm seine Kinder zu entziehen? Als wenn Väter keine Rechte hätten, heute mehr denn je. Aber diese Masche mit den Kindern zog ja bei den meisten Vätern, damit konnte man sie wirklich treffen und sie blendeten dann alles andere aus... und belogen sich selbst und die „heile" Familie nur noch mehr...

Dachte er denn wirklich, die Kinder würden das nicht bemerken? Glaubte er wirklich, eine gelebte Lüge wäre für seine Familie weniger verletzend, als wenn er sich von der Mutter trennte, aber immer für die Mädchen da war? Das Gegenteil war doch der Fall!

Was hatte also dieses erneute und noch wütendere Schreiben nur zu bedeuten – emotionslos sah jedenfalls anders aus! Sein Handeln war definitiv von sehr intensiven Emotionen geprägt, heute noch mehr als damals. So viel zum Thema berufliche Professionalität und emotionales Unbeteiligtsein...

Kurz entschlossen riss Eva diesen unsäglichen Brief in viele kleine Stücke und warf sie in die Toilette, gleichsam als wolle sie sich und der Nachwelt ersparen, jemals diese Zeilen wieder lesen zu müssen. So schnell wie die Papierfetzen im Abfluss verschwanden, hatte sie ihren Schmerz allerdings nicht im Griff...

Immerhin enthob sie dieser Brief ihren seit langem immer wieder kehrenden Überlegungen, welche Schritte sie noch unternehmen könnte, um den Weg zu Thomas zu ebnen, wie sie auf ihn zu gehen, ihn kontaktieren und doch noch klar über ihre gegenseitigen Gefühle reden könnte.

Das war jetzt einzig und allein seine Aufgabe, und es würde ihn einiges an Überzeugungskraft und eine ehrliche, sehr zerknirschte Bitte um Verzeihung kosten, um das zu heilen, was er da in ihr aufgerissen hatte.

Auch wenn für sie das letztlich furchtbar kraftraubende Warten auf sein Bekenntnis zu ihr hiermit ein Ende gefunden hatte und das sogar förmlich eine Befreiung für sie war, zweifelte sie merkwürdigerweise keine Sekunde daran, dass er eines Tages auf sie zu kommen würde und ihr genau dieses Bekenntnis seiner Liebe geben würde. Ob es dann wohl schon zu spät war? Oder nicht?

Eva richtete sich hoch auf und straffte ihre Schultern – komisch, trotz des schneidenden Schmerzes in ihrem Herzen war sie nicht mal richtig wütend auf Thomas, er tat ihr eher leid. Nun, sie würde ihn jetzt erstmal gehen lassen und ihr eigenes Leben gestalten, ohne auf ihn zu warten, aber vermutlich auch ohne auf zu hören ihn zu lieben... das würde sie wohl noch lange nicht können... und vielleicht ja auch gar nicht brauchen – wer wusste das schon... Und mit diesen Gedanken strömten nun doch endlich die erleichternden Tränen aus ihren Augen...

Thomas brütete mit starr auf seinen Bildschirm gerichteten Augen vor sich hin, seine Gedanken waren nur sehr sporadisch auf seine Büroarbeit konzentriert. Gut, dass er seine Seminar - Vorträge erst nächste Woche halten musste, es wäre ihm nach wie vor wirklich sehr schwer gefallen, etwas zumindest halbwegs zusammenhängendes von sich zu geben. Immer wieder grübelte er darüber nach, wo sich wohl seine Kinder befanden und wie es ihnen zumute war. Ob sie ihn wohl auch ein wenig vermissten? Wie konnte er sie nur zurückholen? Es war schon der zweite Tag heute, an dem er nicht wusste, was eigentlich passiert war.

Am Handy ging seit gestern morgen nur noch direkt die Mailbox dran, aber Thomas hatte nichts darauf gesprochen. Was sollte es auch bringen? Offensichtlich war diese Aktion nicht darauf ausgelegt, sich ruhig und vernünftig zu einigen, zu rasch und mysteriös war das Abtauchen vonstatten gegangen.

Vernünftig.... ja, das war so eine Sache mit der Vernunft. Aufgewühlt und wütend war Thomas noch immer, besonders wenn er an Eva dachte. Sie war ihm viel zu nahe gekommen, und die Konsequenz daraus war es eigentlich, was ihn so aufgebracht machte, nicht sie selbst bzw. irgendetwas was sie tat oder schrieb.

Diese alles verändernde Konsequenz war genau das, was sein Leben so auf den Kopf stellte. Irgendwie hatte er wohl gedacht, wenn er sie mit seinem harten Brief quasi gewaltsam aus seinem Leben drängte, würde sein Herz das auch irgendwann kapieren. Aber das hatte im Frühjahr schon nicht wirklich funktioniert, und wenn er jetzt einmal kurz mit seinen wirbelnden Gedanken innehielt, dämmerte ihm streiflichtartig, dass er auch jetzt letztlich eher seinem Antrieb wegzulaufen nachgegeben hatte, als dass dieser Brief etwas dazu beitrug, dass er seinen Frieden wieder fände oder gar irgendetwas auch nur annähernd wieder so sein würde wie früher.

Und selbst wenn er seine Kinder wieder haben würde, sich sogar irgendwie aussöhnen würde mit seiner leeren Ehe - Eva's blaue Augen und die Wärme darin würden ihn trotzdem nicht mehr loslassen, zu intensiv war ihrer beider Begegnung gewesen. Schon seltsam, dass einen jemand so intensiv und tief in der Seele berühren konnte, obwohl sie sich körperlich so gut wie nie berührt, geschweige denn geküsst oder gar miteinander geschlafen hatten. Oder vielleicht gerade deswegen?

Warum, warum, warum musste er ihr nur begegnen? Warum konnten sie die ganze Zeit und trotz all der Verwicklungen ihre Augen nie von einander lassen? Nein, das durfte alles eigentlich gar nicht wahr sein!

Auch ohne dass ihm seine Kinder erstmal abrupt und schmerzhaft entzogen worden waren, hätte er es mit seinen Gefühlen für Eva nie so weit kommen lassen dürfen, wie konnte er nur? Nein, sie hatte sich diesen Brief von gestern verdient, so wie sie sich in seine Gefühle gedrängt hatte... Es machte ihn doch so wütend, so unruhig und trotzdem war nicht einmal durch den Brief etwas Erleichterung eingekehrt. Was sollte er nur tun?

Und ganz tief hinten in seiner zerrissenen Gedankenwelt meldete sich zu allem Überfluss auch noch die Stimme seines Gewissens, die ihm leise zuraunte, dass dieser letzte Brief nicht nur seiner nervlichen Verfassung geschuldet und eine totale Überreaktion war... sondern dass seine Wut die Falsche traf und er Eva abgrundtief damit verletzt haben musste! Doch das konnte er jetzt nicht auch noch vertragen, sich mit so etwas wie Schuldbewusstsein auseinanderzusetzen. Dann würde er wohl komplett zusammenbrechen, er war nervlich wirklich am Limit durch diese ganzen widerstreitenden Emotionen. Das war er eigentlich schon vor diesem Brief und dem Verschwinden der Mädchen gewesen...

Hm, und ausgerechnet heute morgen war er an der Bushaltestelle bzw. im Bus auch noch einer Freundin von Eva aus ihrer Zeit an der BAM begegnet, die im Frühjahr auch in ihre Brief-Geschichte involviert gewesen war. Mit Sicherheit wusste die junge Frau auch über alle weiteren Begebenheiten Bescheid, Frauen erzählten sich ja so was immer... Jedenfalls hatte er es nicht mal über sich gebracht, sie zu grüssen, er hatte sich lieber abgewandt, unter sich geschaut bzw. getan als würde er eingehend den Busfahrplan studieren... Small Talk mit einer von Eva's wissenden Freundinnen konnte er wirklich nicht auch noch gebrauchen...

Zu allem Übel nervte auch noch immer der allgegenwärtige Kommissar, der halt noch seinen Fall aufzuklären hatte. Dieser hatte es wohl auch gemerkt, das mit ihm etwas nicht stimmte, so aufmerksam und gleichzeitig fast mitfühlend, wie der ihn heute morgen gemustert hatte! Na ja, das würde er ihm bestimmt nicht auf die Nase binden, das ging den ja nun wirklich nichts an, was mit seinen Kindern war...

Mit einem tiefen Seufzer legte Thomas wieder seine Hände auf die Tastatur und begann weiter zu tippen. Es half ja nichts, seine Arbeit musste trotz allem getan werden. Gut, dass wenigstens Elvira für ein paar Tage weg war, sie war ihm auch ein wenig auf die Nerven gegangen in letzter Zeit. Aber wer war das nicht... es passte ihm wirklich in den Kram, dass sie gerade jetzt nicht ständig hier herein platzte.

Hoffmann kratzte sich, wie in letzter Zeit leider immer öfter, ratlos in seinem Bart. Er fand sich einfach nicht mehr zurecht in diesem Fall, und er tendierte schon fast dazu, ihn als ungelöst zu den Akten zu legen. Aber er bevor er das tat, wollte er noch mal kräftig im Ameisenhaufen herumstochern. Und da Elvira abwesend war, würde ihm halt heute Hartmut zum Opfer fallen müssen... Der Kommissar stand auf und begab sich zum Büro von Gundlach, dessen Tür weit offen stand. Wie beiläufig klopfte er an den Türrahmen mit einem lockeren „Darf ich?"

Gundlach sah vom Bildschirm auf und deutete mit der Hand auf den freien Stuhl gegenüber seinem Schreibtisch:

„Bitte, nehmen Sie doch Platz, Herr Hoffmann!"

„Ja, Herr Gundlach," begann Hoffmann, „ich möchte Sie noch mal ein wenig löchern. Es gibt nach wie vor viele Ungereimtheiten, wie Sie wissen, und wer weiss, vielleicht fällt Ihnen ja doch noch eine Kleinigkeit ein, die wir bisher nicht für wichtig erachtet haben..."

„Ich wüsste zwar beim besten Willen nicht mehr, was noch fehlen könnte. Aber warum nicht. Ich habe heute sowieso keinen Unterricht und die Korrektur dieser Klausuren ist auch noch nicht eilig."

„Nun, ich würde gerne nochmals in Sachen Elvira Brockhaus nachhaken. Ist Ihnen vielleicht irgendetwas an ihrem Verhalten in letzter Zeit aufgefallen, was vielleicht ungewöhnlich sein könnte? Ich weiss, das Thema haben wir schon mehrmals durchgekaut, aber manchmal kommt einem erst beim wiederholten Durchsprechen noch ein Gedanke..."

„Na ja, ein bisschen übereifrig in Sachen Klatsch und Tratsch war sie ja schon seit ich sie kenne. Und an Thomas und seiner Familie hängt sie auch sehr, ich glaube, sie ist mit seiner Frau gut befreundet. Und seit es diese Verwicklungen zwischen Thomas und Eva gibt, hat sie sich noch stärker für seine Angelegenheiten interessiert und ihn tatsächlich irgendwie „bewacht" "...

„Ja, wie ein Wachhund, nicht wahr..." gab Hoffmann Gundlach jovial grinsend Recht.
Hartmut gelang es ebenfalls nicht, sein Kichern zu unterdrücken, zu treffend war diese Charakterisierung. Davon mal abgesehen, dass Hoffmann ihn so ernst nahm und auch so leutselig mit ihm umging, nahm ihm seine Beklommenheit von Mal zu Mal ein Stück und er entspannte sich immer mehr, je länger er mit dem Beamten zu tun hatte.

„Wie sieht denn dieses Bewachen aus? Haben Sie da auch etwas wahrgenommen?"

„Vermutlich nichts, was Sie nicht auch schon selbst mitbekommen haben. Zum Beispiel, dass Sie seine Post immer vor ihm öffnet und liest, und ich vermute mal, auch wenn, oder besonders wenn sie persönlich-vertraulich ist... oder dass sie genau schaut wann er im Büro ist, sie telefoniert ihm hinterher, wenn er ausser Haus in Pause geht, oder wenn er früher Feierabend macht."

„Hm. Schon sehr engagiert für eine Sekretärin... oder?"

„Ja, auf jeden Fall! Ich meine, man hatte sich ja dran gewöhnt, dass sie so ist. Aber so im Rückblick wirkt das ganze schon ganz schön übertrieben. Übrigens, sie beobachtet sogar von ihrem Fenster aus, wenn Thomas draussen steht oder morgens vom Bus kommt. Vermutlich hat sie auch auf die Art und Weise mitbekommen, was sich zwischen Eva und Thomas entwickelt. Ich habe da auch so den einen oder anderen Augenblick zwischen den beiden morgens mitbekommen...“

„Na ja, mit den Augen scheinen die beiden wirklich intensiv zu kommunizieren, da haben Sie recht, das ist nicht zu übersehen. Aber zurück zu Frau Brockhaus. War sie oft krank oder hat sie eher nicht gefehlt?“

„Also, soweit ich mich erinnern kann, war sie in den letzten Jahren nicht ein einziges Mal krank. Deswegen hat es mich schon fast überrascht, dass sie sich plötzlich krankmeldet.“

„Wissen Sie eigentlich, wegen was? Hatte Sie vielleicht schon ein paar gesundheitliche Problemchen, die sich jetzt verschlimmert haben?“

„Keine Ahnung, ehrlich nicht!“

„Also, Herr Feldmann war ja der Meinung, dass es irgendetwas mit Magen – Darm - Grippe sein müsse...“ Irgendwo in Hartmuts Hinterstübchen tauchte eine vage Wahrnehmung auf, als er aus Versehen Elvira's Tasche heruntergeworfen hatte und ihm allerlei Utensilien entgegen kullerten.

„Hm, jetzt wo Sie das so sagen...“ Hartmut strich sich mit der Hand über seinen fast kahlen Kopf und rückte seine runde Metall-Brille zurecht und berichtete dann, wie ihm aus Elvira's Tasche unter anderem ein kleines Fläschchen Laxoberal - Tropfen in die Hände gefallen war.

„Das würde ja schon dazu passen, vielleicht hatte sie schon länger Probleme mit dem Magen, und nahm deswegen die Tropfen. Und jetzt hat sich vielleicht doch etwas ernsteres herausgestellt und sie lässt sich nun gründlich untersuchen!" mutmasste Hartmut.

Kommissar Hoffmann's Aufmerksamkeit hatte sich urplötzlich um ein hundertfaches vervielfacht, als Gundlach die Tropfen erwähnte, er war zwar äusserlich völlig unverändert und unbeteiligt sitzen geblieben, aber seine grauen Zellen waren, noch während der Dozent weitersprach, schon mit der Folgerung aus dieser winzig kleinen Tatsache beschäftigt.

Schnell beendete er das Gespräch mit dem ob dieses unerwartet abrupten Endes völlig verdutzt blickenden Hartmut, eilte in seinen Seminar-Raum zurück und liess sich auf den bequemen Stuhl fallen. Das war ja mal eine Information, mit der Hoffmann wirklich etwas anfangen konnte! Alles, was er vorher herausgefunden hatte, gab höchstens seiner Charakterisierung der Beteiligten, also quasi seiner Menschenkenntnis recht. Aber in dem konkreten Fall hatte es ihn alles nicht weiter gebracht. Nun jedoch...

Abführtropfen... das war doch eines der Mittel gewesen, die man in Silvia's Blut gefunden hatte! Es müsste schon ein arger Zufall sein, wenn da nicht die Sekretärin ihre Finger im Spiel hatte! Andererseits musste er sich eingestehen, dass die Dosierung ja keinesfalls lebensgefährlich gewesen war. Wenn er doch nur irgendein pathologisches Gutachten über den Zustand von Silvia's Körper hätte, irgendetwas über die Art und Weise wüsste, wie sie dort auf den Boden gekommen war... ein Stoß? Nachträglich dort hingelegt?

Zumindest erhärtete sich durch die Entdeckung der Sache mit den Tropfen der Verdacht erheblich, dass Thomas und Eva tatsächlich recht hatten, und Frau Brockhaus diejenige war, die Silvia Rieger zuletzt gesehen hatte.

Was hiess das denn dann aber im Klartext? Die Sekretärin war zu einer Hauptverdächtigen geworden, allein es fehlte ihm immer noch ein wirklich stichhaltiges, tragfähiges Motiv für einen Mord, oder zumindest Totschlag im Affekt. Denn wenn er es sich recht überlegte, die stärksten negativen Emotionen hatte Elvira doch nach wie vor gegenüber Eva. Und dann müsste Eva doch diejenige sein, die auf einer Bahre lag und nicht die allseits beliebte Dozentin Silvia Rieger. Wie also waren die beiden so aneinandergeraten, dass bei Elvira die Sicherungen durchgebrannt waren?

Was könnte sie gesagt oder geahnt haben, dass Elvira's Wut oder Angst sich auf Silvia entlud? Hatte sie irgendetwas über Thomas und Eva erzählt und unabsichtlich damit eine gewaltsame Reaktion provoziert? Denn dass es irgendwie mit den beiden zusammenhängen musste, davon war Hoffmann nach wie vor überzeugt, auch wenn er das nicht sachlich, sondern nur rein instinktiv untermauern konnte.

160

In diesem neuen Licht betrachtet, bekam auch die plötzliche Krankmeldung von Elvira ein etwas anderes Gesicht. Hatte irgendwer etwas geäussert, dass ihr der Boden unter den Füssen zu heiß wurde? Oder war sie doch tatsächlich erkrankt?

Hoffmann erhob sich, um sich die Handynummer von Elvira geben zu lassen, doch als er sie versuchte, anzurufen, meldete sich direkt ihre Mailbox. Der Beamte fluchte leise vor sich hin, er hatte es irgendwie geahnt, dass er sie nicht erreichen würde. Entschlossen rief er seinen Wachtmeister an, berichtete ihm kurz, was er entdeckt hatte und bat ihn, bei Elvira zu Hause zu klingeln und die Sekretärin einfach dort dazu befragen. Er würde dann so schnell es ging, dazu stossen.

Doch gerade als Hoffmann seine Sachen zusammengepackt hatte und die BAM verlassen wollte, klingelte sein Handy und Wachtmeister Pfeiffer meldete, dass er Elvira's Wohnung verlassen vorgefunden hatte. Die Nachbarn hatten gemeint, dass die Dame schon seit zwei Tagen verreist sei... Das wurde ja immer skurriler, hatte diese Sekretärin denn soviel Dreck am Stecken, dass sie einfach untertauchte? Solch überlegtes Handeln schien Hoffmann nicht so ganz zu ihr passen, aber wer weiss, in diesem Fall war ja fast nichts so, wie es aussah.

Kurz entschlossen legte Hoffmann seine Unterlagen wieder auf den Tisch, zog auch seine Jacke wieder aus und bat seinen Untergebenen, Herrn Feldmann zu ihm zu bringen.

Mit blassem Gesicht sass Thomas fünf Minuten später mit seinem dampfenden Kaffeebecher vor sich gegenüber vom Kommissar, der ihn aufmerksam musterte. Es fiel ihm heute sehr schwer, sich auf das zu konzentrieren, was Hoffmann von ihm wollen könnte.

„Sie fragen sich sicher, Herr Feldmann, was ich noch von Ihnen wollen könnte... genau genommen möchte ich Ihnen aber nur etwas erzählen!"

„Nun, dann ist das ja mal verkehrte Welt zwischen uns, Herr Hofmann!" rang sich Thomas ein etwas gequältes Lächeln ab.

„Ja, nicht wahr? Also, wussten Sie eigentlich, dass Ihre Sekretärin scheinbar gar nicht krank ist? Wir wollten sie zu etwas bestimmten befragen, und ihr dazu einen Besuch in ihrer Wohnung abstatten, da sie ja krankgemeldet ist. Aber ihre Wohnung ist verlassen und die Nachbarn haben erzählt, Frau Brockhaus sei seit zwei Tagen verreist! Ihre Mitarbeiterin macht sich also scheinbar statt krank zu sein einen lockeren Urlaub..."

„Das verstehe ich jetzt überhaupt nicht... wenn sie doch mal ganz spontan hätte wegfahren wollen, hätte ich ihr auf jeden Fall auch Urlaub dafür gegeben. Soweit ich weiss, hätte sie genügend Urlaubstage für so etwas..."

„Nun, soweit hat sie vielleicht gar nicht gedacht, sie schien es ja ziemlich eilig zu haben!"

„Aber warum denn, ich bin überfragt, ehrlich!"

„Ich hatte mir etwas Aufklärung von Ihnen erhofft, Sie kennen doch Ihre Sekretärin schon lange. Ich dachte, vielleicht fällt Ihnen etwas ein, was sie dazu bewegen könnte, sich so schnell und spontan auf eine Reise zu begeben."

„Na ja, kennen... ich dachte mal, dass ich sie ein bisschen kenne, aber in den letzten Monaten habe ich eher das Gefühl, dass ich mich entweder ziemlich in ihr geirrt habe oder aber sie sich irgendwie verändert haben muss."

„Ach ja? Klingt interessant, erzählen Sie bitte weiter, ich möchte gerne wissen, wie Sie darauf kommen!"

„Na ja, ihre Indiskretionen waren in den letzten Wochen und Monaten schon sehr ausgeprägt, mir ist das vorher jedenfalls nie so aufgefallen. Aber sie öffnet vertrauliche Post und steht ohne Anzuklopfen im Raum, sie scheint auch an meinem Schreibtisch hin und wieder etwas zu wühlen, jedenfalls lagen nach meiner Pause oft Sachen anders da, als ich sie hinterlassen hatte. Und sie lauscht neuerdings an meiner Seitentür zum Sekretariat, zum Beispiel kürzlich, als Sie mich befragt haben zu dem ominösen dritten Brief..."

„Aaah ja. Nun, das ist schon nicht sehr angenehm für Sie. Haben Sie denn eine Ahnung, warum sie Sie so kontrollieren will?"

Thomas schloss für einen Augenblick genervt die Augen, eigentlich wollte er doch das Thema Eva total ausklammern, aber dieser Kommissar bohrte ja immer wieder nach und rührte alles wieder auf. Gut, er konnte aber auch nicht wissen, was passiert war...

„Ich nehme an, sie hat sich an dem Gedanken, dass sich zwischen Frau Stark und mir tatsächlich eine ganz offizielle Liebesbeziehung entwickeln könnte, förmlich festgebissen. Jedenfalls hat Frau Brockhaus, wie sich jetzt heraus gestellt hat... im Frühjahr..."

Thomas's Worte verloren sich langsam, während seine Gedanken, ohne dass er es verhindern konnte, zurück zu dem Abend vor zwei Tagen wanderten, als er mit Eva angefangen hatte, über diese Briefe zu reden. Es war dort so eine zauberhafte unbeschwerte Atmosphäre zwischen ihnen gewesen, dass er alles andere einfach ausgeblendet oder vielmehr hinter sich gelassen hatte. Und es hatte sich so herrlich normal, so echt und seltsam vertraut angefühlt, lebendig und...

„Ja, Herr Feldmann, sprechen Sie bitte weiter!"

Ärgerlich über seine allzu eigenwillige Seele, versuchte sich Thomas wieder auf das Gespräch zu konzentrieren, nicht ohne dass sich sein Gewissen noch mit seinem unverkennbaren Brennen meldete. Dies jedoch initiierte auch wieder seine wütende Abwehrhaltung gegenüber allem, was mit Eva zu tun hatte, und so fuhr er abrupt mit seinem begonnenen Satz fort:

„...sie hat also die beiden Briefe an mich von Frau Stark, die Sie ja auch gelesen haben, einfach geöffnet und gelesen, obwohl sie beide als persönlich-vertraulich gekennzeichnet waren und eigentlich ungeöffnet an mich hätten gehen müssen."

„Waren Sie denn da nicht sauer?"

„Nein, damals wusste ich das ja nicht, ich war eher wütend auf Frau Stark, weil sie dadurch den Eindruck erweckt hat, zwischen uns sei zu ihrer Zeit an der BAM etwas gewesen. Erst an dem Abend, als Sie im Café zu uns stiessen, habe ich es von Eva erfahren."

„Und jetzt sind Sie nicht wütend?"

„Ich finde es eigentlich eher erbärmlich, dass eine Mitarbeiterin, der ich vertraut habe, sich so verhält, aber wissen Sie, ich habe momentan wirklich andere Probleme..."

„Ja, das sieht man Ihnen allerdings an. Ich vermute aber mal, dass Sie nicht darüber reden möchten... obwohl es manchmal hilft... Ich schätze, irgendwie hat es mit der Familie zu tun, vielleicht mit Ihren Kindern, oder?"

Thomas fixierte Hoffmann mit einem überraschten Blick, dieser Polizist war wirklich scharfsichtig und einfühlsam... oder einfach nur ein guter Beobachter, der seine Schlüsse zog! Für einen Augenblick erwog Thomas tatsächlich, ihn nicht als Beamten, aber als männlichen Zuhörer ins Vertrauen zu ziehen. Aber das konnte ja nicht gut gehen, einerseits der Fall mit Silvia, und dann über seine Kinder mit ihm reden? Er liess lieber die Finger davon...

„Nein, in der Tat möchte ich das nicht. Es ist rein privat und hat mit dem Fall absolut nichts zu tun."

„Nun, dann bleibt mir nur noch, Ihnen zu wünschen, dass sich der Anlass zu Ihrer Anspannung bald zum Positiven klärt. Weitere Fragen habe ich erstmal keine mehr an Sie..."

„Danke, Herr Hoffmann. Aber ich fürchte, so einfach wird es wohl nicht sein. Wie auch immer, ich werde mich jetzt erstmal wieder an meine Arbeit begeben. Schönen Tag noch!"

Hoffmann nickte Thomas noch freundlich zu, während dieser den Raum langsam und nachdenklich verliess, um wieder auf seinem Drehstuhl Platz zu nehmen und über das nach zu grübeln, was er von Hoffmann erfahren hatte.

Sehr skurril, was Elvira da machte... einfach abhauen, obwohl sie krankgemeldet war. Wozu nur, Urlaub hätte es doch auch getan. Vielleicht war das aber auch nicht wirklich erheblich, wie ja Hoffmann schon angemerkt hatte. Aber irgendetwas daran liess ihn nicht los. Vielleicht der merkwürdige und spontane Zeitpunkt ihrer Abreise. Schon krass, dass das gerade mit dem Zeitpunkt zusammen fiel, wo seine Kinder mit ihrer Mutter verschwunden waren.

Er hatte schon überall herumtelefoniert, ob sie vielleicht bei den Eltern oder Schwiegereltern abgestiegen waren, aber die hatten nur, offensichtlich sehr verwundert über seine Fragen, verneint. Sogar Elvira hatte er versucht zu erreichen, weil er dachte sie wüsste etwas, da sie auch mit ihr befreundet war. Aber da war ebenfalls nur die Mailbox dran gewesen, was er auf die Krankheit geschoben hatte. Aber sie war doch nun scheinbar gar nicht krank... bedeutete das etwas oder war das einfach Elvira's merkwürdigem Seelenzustand geschuldet, in den sie in letzter Zeit geraten war?

Einmal mehr zerwühlte Thomas seinen dunklen Haarschopf, ratlos all seinen Gedanken und Sorgen ausgeliefert. Irgendwie brachte ihn der Gedanke an all das zum Frösteln, ohne dass er sich so recht erklären konnte, warum, es breitete sich bis in seinen verspannten Nacken aus, und eine ebenso winzige wie ungeheuerliche Ahnung stahl sich mit seiner Gänsehaut an die Oberfläche...

Konnte es denn wohl tatsächlich irgendwie möglich sein, dass ein Zusammenhang zwischen dem Verschwinden der Kinder und Elvira's Abtauchen bestand? Aber warum Elvira auf solch einen Trip mitnehmen? Als moralische Unterstützung?

Oder... oder aber Elvira selbst hatte die Reise vorgeschlagen!!! Es würde zumindest erklären, dass zuerst die Krankheit vorgeschoben wurde, damit brachte er sie erstmal auf gar keinen Fall mit der Abwesenheit seiner Familie in Verbindung. Ja, irgendwie passte das schon zusammen.

Wahnsinn, was sich hier abspielte! Vor einem guten Jahr hätte er sich das nicht träumen lassen, aber seit der Begegnung mit Eva wurde ja alles in seinem beschaulichen, erfolgreichen, vertrauten Leben auf den Kopf gestellt. Letztlich wäre das doch alles gar nicht passiert ohne sie... Stopp, Eva-Gedanken wollte er doch ignorieren... wenn das nur mal so einfach wäre...

Machen konnte er jedenfalls vorerst nichts gegen Elvira's merkwürdiges Verhalten, nicht so lange er keinen am Handy erreichen konnte. Da gewann das Wort „Abschalten" ja einen ganz neuen Sinn, dachte er grimmig. Aber es war ja auch noch gar nicht hundertprozentig sicher, dass sie wirklich mit im Auto sass, wo auch immer das jetzt herumfuhr.

Möglicherweise war es doch gar nicht so dumm, wenn er Hoffmann in diese Sache einweihte, zumal ja eventuell ein Zusammenhang mit Elvira bestand. Jedenfalls könnte er doch versuchen, vielleicht auf diese Art und Weise und mit Inanspruchnahme polizeilicher Hilfe herauszufinden, wo sein Auto und damit seine Familie sich befand. Ja, diese Idee gefiel ihm immer besser, je länger er darüber nachdachte. Thomas erhob sich wieder und begab sich entschlossen zu Hoffmann in den Seminar-Raum.

Der Kommissar staunte nicht schlecht, als Thomas so unvermutet wieder vor ihm stand und sich einen Stuhl zurecht zog, um sich darauf fallen zu lassen.

„Nanu, Herr Feldmann, wie komme ich denn so schnell und unverhofft zu dieser Ehre?"

„Ich habe etwas auf dem Herzen, im Zusammenhang mit dem, worauf Sie mich vorhin angesprochen haben."

„Meinen Sie Ihre Sekretärin oder die Privatsache?"

„Möglicherweise beides. Genau deswegen möchte ich Sie ins Vertrauen ziehen!"

„Sie sprechen in Rätseln, Herr Feldmann..."

„Nun, nach dem Abend, als Sie Frau Stark und mich im Café gesprochen hatten..."
Hoffmann konnte es nicht lassen, Thomas an dieser Stelle mit seinem zugegebenermassen ziemlich unverfrorenen Einwurf zu unterbrechen:

„Warum zum Geier sind Sie eigentlich immer noch nicht mit dieser Frau zusammen? Es ist doch so offensichtlich, dass Sie beide bis über die Ohren ineinander verliebt sind... und sie selbst haben sogar vor mir zugegeben, dass sie verliebt sind und ihre Ehe am Ende ist. Ihren Kindern tun Sie doch keinen Gefallen damit , wenn Sie sich weiter verbiegen. Glauben Sie mir, ich bin auch ein Scheidungskind, und meine Eltern haben uns jahrelang „heile Welt" vorgespielt – aber diese Lüge war für mich viel schlimmer als die tatsächliche Trennung!"
Thomas funkelte den Beamten intensiv an und gab mit halblautem, wütendem Tonfall zurück:

„Das geht Sie überhaupt nichts an, wie ich mit meiner Familie und Eva umgehe, mischen Sie sich hier bitte nicht ein. Und was ich da zu Ihnen unter dem Eindruck des Mordes gesagt habe über meine Gefühle, sollten Sie nicht überbewerten. Vergessen Sie es einfach…"

„Nein, das tue ich ganz bestimmt nicht!" grinste Hoffmann, irgendwie machte es ihm Spass, Thomas diesbezüglich auf die Palme zu bringen. „Und offensichtlich vergessen Sie es auch kaum eine Sekunde, wenn Sie selbst meine Frage danach schon so reizt!"

„Können wir jetzt bitte zu meinem Anliegen zurückkehren? Das ist mir wirklich ernst!" Nur mühsam beherrschte Thomas seine Stimme, denn dass der Kommissar hier so unverschämt in seinen Gefühlen stocherte, machte ihn wirklich rasend.

„Ja, das glaube ich Ihnen" lenkte Hoffmann ernst werdend ein, er hatte ja Thomas die ganze Zeit über angesehen, dass ihm etwas mächtig zusetzte.

Und nun berichtete Thomas, was nach der Begegnung im Café passiert war, Elvira's Anruf, die Abwesenheit der Familie inklusive des Autos, seine Entdeckung auf dem Küchentisch, die SMS mit der Krankmeldung und schliesslich die abgeschalteten Handys. Hoffmanns Augen wurden immer grösser, während er Thomas's Worten lauschte.

Kein Wunder, dass dieser so aus der Fassung geraten war, so etwas konnte einem ja nur an die Nieren gehen! Allerdings machte Hoffmann auch Thomas's Blindheit allmählich fast ein wenig wütend – konnte der denn gar nicht erkennen, was hier gespielt wurde? Hatten ihm seine ganzen auf die Spitze getriebenen Gefühle tatsächlich den Blick so verstellt?

Für Hoffmann war nämlich sonnenklar, dass Elvira die äusserst kreative Drahtzieherin dieses „Ausfluges" war, und er brannte förmlich darauf, sie aufzufinden und nach Hause zurück zu beordern! Um ihre nicht ganz so klaren Motive dafür würde er sich später kümmern... Jetzt galt es erstmal zu handeln, egal ob das etwas mit dem Fall Silvia etwas zu tun hatte oder nicht.

„Sagen Sie mal, Herr Feldmann, wollen Sie eigentlich der Wahrheit nicht ins Gesicht sehen oder können Sie es nicht? Das sieht doch ein Blinder mit 'nem Krückstock, was hier abläuft! Ihre Familie wird 100-prozentig von Ihrer Sekretärin durch die Gegend chauffiert, und so wie ich das ganze einschätze, hat sie diese nette Reise auch initiiert!"

Bei Hoffmann's Worten wollte Thomas zuerst gereizt auffahren, doch er riss sich zusammen. Erstens war er auf Hoffmann und seine Hilfe angewiesen, und zweitens hatte sich diese eigentlich undenkbare Vorstellung ja vorhin auch schon in seine Gedanken gestohlen, deswegen sass er ja hier. Er schüttelte wie abwehrend den Kopf, so abstrus war die Vorstellung, dass eine ehemals vernünftige Mitarbeiterin etwas derart abgedrehtes tun könnte. Aber es schien tatsächlich so zu sein... Auf eine Art erleichterte ihn es auch ein bisschen, denn das würde heissen, dass die Idee, ihm die Kinder zu entziehen, vermutlich auch von Elvira war... Wobei auch seine Ex-Frau ihm schon mehrfach unmissverständlich klar gemacht hatte, dass sie diejenige war, die bestimmte, wer wann mit den Kindern zu tun hatte...

„Meinen Sie wirklich? Ich habe das auch kurz gedacht, aber es schien mir ein wenig zu durchgeknallt zu sein, als dass ich es wirklich zu Ende gedacht hätte. Aber wie auch immer, jedenfalls wollte ich Sie in Ihrer Funktion als Polizei-Kommissar bitten, mir zu helfen, mein Auto, und damit meine Familie ausfindig zu machen!"

„Das ist jetzt mit dem Wissen, das Sie mir mitgeteilt haben, sowieso unausweichlich. Wer auf diese Art dafür sorgt, dass einem Elternteil plötzlich die Kinder entzogen werden und vermutlich auch die Drohung auf dem Küchentisch entworfen hat, zwingt mich geradezu zu einer Suche!"

„Wenn ich nur wüsste, wo man suchen könnte. Bei meinen Eltern und Schwiegereltern habe ich schon nachgefragt, vergeblich natürlich. Die würden sich in so etwas glaube ich auch gar nicht hineinziehen lassen."

„Sie haben da ja auch noch in eine andere Richtung gedacht. Oder jedenfalls nicht daran, wo Ihre Mitarbeiterin hinfahren würde... Wissen Sie irgendetwas über Reisepläne oder -wünsche, was Ihre Sekretärin angeht? Irgendwelche Ziele, wo sie schon immer mal hin wollte, oder noch besser, wo sie schon häufig war und sich daher gut auskennt?"

„Also, ich weiss, dass sie mit ihrem Lebensgefährten häufig in Norditalien weilt, vor allem in Südtirol, weil da deutsch gesprochen wird... aber ob sie da jetzt wirklich hinfährt, ist ja doch fraglich, oder?"

„Auf irgendein Pferd müssen wir aber setzen und die Suche beginnen. Besser als gar kein Anhaltspunkt ist es allemal. Also, setzen wir jetzt den Fall, sie fährt tatsächlich nach Italien... Hm, das würde heissen, dass sie, wenn wir Glück haben, die Hauptroute über den Brenner nimmt. Und wenn wir noch mehr Glück haben, steckt sie dort fest im üblichen Sommerferienstau und die Kollegen aus Österreich können sie eventuell dort ausfindig machen!"

„Ob das funktionieren kann? Das wäre ja wirklich enormes Glück...?!?" zweifelte Thomas noch halblaut, wobei ihm der Gedanke, je länger er darüber nachdachte, doch umso wahrscheinlicher vorkam, dass Elvira diese ihr wohl bekannte Route nahm.

Hoffmann hatte bei seinen Worten schon seinen Laptop aufgeklappt, und während er die Verkehrsmeldungen der österreichischen Polizei checkte, telefonierte er mit seiner Zentrale, um die Suche nach Thomas's Auto auszulösen. Thomas schaute ihm interessiert über die Schulter, um die Verkehrsmeldungen mitzulesen, und Hoffmann liess ihn gewähren. Wie erhofft jagte hier eine Staumeldung die nächste, und besonders zwischen Innsbruck und dem Brennerpass schienen sich die Autos gar nicht mehr zu bewegen. Das spielte ihrer Suche natürlich extrem in die Hände! So müssten die Beamten dort eigentlich nur die Strecke auf der Standspur abfahren und die Augen nach seinem Auto offenhalten... In diesem Moment wünschte sich Thomas, er hätte nicht so ein praktisches, dunkelgraues, familientaugliches Automodell gewählt... oder zumindest eine auffälligere Farbe ausgesucht!

Hoffentlich, hoffentlich, hoffentlich waren ihre Vermutungen richtig! Er fühlte sich in diesem Moment einfach nur unendlich verlassen und unsicher, und er wünschte sich, jemand würde ihm jetzt stärkend die Hand auf seine Schulter legen und ihm sagen, dass alles gut werden würde. Thomas schloss durchatmend seine müden Augen. Mit einer seltsamen Mischung aus hungernder Wärme und abwehrendem Unbehagen nahm er wahr, wie vor seinem inneren Auge Evas Gesicht auftauchte - ausgerechnet jetzt! Das war doch zum Ausrasten... Doch, gerade jetzt muss sie auftauchen, wisperte ein anderer Teil seiner Seele dazwischen. Hoffmann's Stimme riss ihn aus seinen Grübeleien, und der Beamte sah zu ihm hoch, während er sprach:

„Wir haben wirklich Glück, auf der Brenner - Autobahn sind viele Kollegen sowieso unterwegs, wegen den vielen Staus. Die Meldung mit der Suche bzw. Ihrem Autokennzeichen ist schon raus und normalerweise dürfte es dann nur eine Frage der Zeit sein, bis wir den Wagen haben."

„Falls sie wirklich dort sind. Ob es zeitlich noch passt, weiss ich nicht. Vielleicht sind sie auch schon längst in Italien... Aber bestimmt haben sie irgendwo übernachtet. Denke ich zumindest, Elvira hat mal erzählt, dass sie das immer so machen. Und Elvira fährt auch nicht sonderlich schnell, haben die Kollegen mal erzählt."

„Na, dann heisst es jetzt abwarten und Tee trinken, Herr Feldmann! Apropos, meinen Sie, ich könnte einen Kaffee bekommen?"

„Natürlich, ich hole Ihnen einen..."

„Oh, der Chef bedient mich persönlich!" versuchte Hoffmann, Thomas ein wenig aufzumuntern, und er entlockte ihm in der Tat ein Grinsen:

„Ach wissen Sie, die Sekretärin ist ja nicht da, was bleibt mir da anderes... Nein, im Ernst, ich kann auch einen gebrauchen!" Thomas erhob sich und machte sich auf den Weg in die Küche.

Elvira sass erschöpft am Lenkrad von Thomas's Auto, der Schweiss lief ihr in Strömen das Gesicht herunter. Sie hatten im Süddeutschen nach der Nachtfahrt lange gerastet und schliesslich auch noch, gegen ihren Willen, übernachtet, weil die Kinder so müde waren. Dann waren sie endlich weitergefahren in aller Frühe, aber nun sassen sie hier am Fuss der Brenner-Autobahn schon seit Stunden im Stau fest, es ging weder vor noch zurück. Und je länger, desto erbarmungsloser knallte ihnen die Sonne aufs Dach und erwärmte den Innenraum trotz Klimaanlage immer mehr. Zum Glück waren die Kinder wieder eingeschlafen, denn wenn die zwei hier jetzt noch ständig herum quengeln würden, wäre Elvira wohl geplatzt. Die Mutter der beiden sass schläfrig und resigniert auf dem Beifahrersitz und konnte auch kaum noch die Augen offen halten. Leider war nicht einmal eine Ausfahrt in Sicht, sonst hätten sie einfach mal einen Abstecher machen und sich in einem kleinen Dörfchen am Rande des Weges ein wenig ausruhen können.

Allmählich schlichen sich in Elvira's bis zum Zerreissen gespannte Nerven auch zweifelnde Untertöne ein. Ob sie mit dieser Aktion nicht doch ein wenig weit gegangen war? Ihre Freundin wusste ja nicht, was Elvira tatsächlich für eine Nachricht auf dem Küchentisch hinterlassen hatte, und es war äusserst fraglich, ob sie damit einverstanden gewesen wäre... Diese war zwar abgrundtief enttäuscht von ihrer Ehe mit Thomas, aber sie hatte in den vielen Gesprächen mit Elvira auch entgegen deren Sichtweise immer wieder geäussert, dass sie letztlich viel zu stolz sei, um mit einem Mann verheiratet zu bleiben, der sie nicht liebte. Klar, die Kinder sollte er nur so viel sehen, wie sie es bestimmte, das war eine letzte Machtposition über ihn, die sie nicht einfach aufgeben wollte und Elvira war die letzte, die ihr das ausredete. Aber ihm die Kinder quasi für eine Zeit zu entführen, das hätte sie bestimmt nicht gutgeheissen, geschweige mitgemacht.

Aber auf der anderen Seite, so sinnierte Elvira weiter, konnte es doch auch nicht angehen, dass sich diese elende Eva einfach so in Thomas's Leben breit machte. Das konnte sie ihr einfach nicht gönnen, allein die Vorstellung, dass die beiden sich an der BAM Händchen haltend durch die Gänge bewegen könnten, brachte sie in Rage. Nein, es war schon alles richtig so gekommen! Merkwürdig, wie viele Polizeiwagen hier in Österreich so herumfuhren, aber doch, das war ja eigentlich klar, bei den vielen Staus. Der hier war aber besonders langsam unterwegs, er bewegte sich rechts von ihnen auf dem Standstreifen quasi im Gleichschritt mit ihnen, wenn sich denn die Schlange mal ein Meter nach vorne bewegte. Der Fahrer glotzte jetzt auch noch total penetrant zu ihnen hinein, rollte dann ein paar Meter vor, schaute zurück zu ihrem Auto, nur um dann wieder neben ihnen zu fahren. Hatte der noch nie Touristen auf dem Brennerpass gesehen? Elvira stöhnte genervt und versuchte, ihn zu ignorieren, indem sie stur geradeaus nach vorne schaute.

In diesem Moment griff der österreichische Polizist nach seiner Kelle, hielt sie schwenkend aus dem Fenster und bedeutete ihnen damit, rechts heraus auf den Standstreifen zu fahren. Das hatte ja noch gefehlt, jetzt auch noch eine Kontrolle! Na ja, wenn die Ösis das mitten in der Urlaubszeit nötig hatten, was sollte man machen...

Elvira verliess ihre Fahrspur und brachte den Wagen hinter dem Polizeiauto auf dem Standstreifen zum stehen, während die Fahrer der im Schneckentempo vorbei kriechenden anderen Autos neugierig zu ihnen hinüber schielten.

Der Beamte kam zu ihr an die Fahrertür, während sie das Fenster herunter liess. Er warf einen kurzen Blick in den Wagen auf die allesamt immer noch schlafenden Mitfahrerinnen, nickte seinem Kollegen kurz zu und winkte ihn mit einer kurzen Geste ebenfalls zum Auto herbei.

Elvira schaute fragend zu ihm auf, während er sie um ihre Papiere bat. Sie wühlte in ihrer Handtasche und reichte ihm das gewünschte und er warf eine kurzen Blick auf den Führerschein.

„Na, wo wollen's denn hin, Frau Brockhaus?" fragte der Polizist mit unverkennbar breitem österreichischem Akzent.

„Nach Bozen, wir haben dort in der Nähe eine Ferienwohnung gemietet!"

„Soso... und wen haben's da so alles im Woagn?"

„Das ist meine Freundin mit ihren beiden Töchtern. Wir machen gemeinsam Urlaub!"

„Ah joa. Wieso is'n der Vater net dabei?"

Allmählich beschlich Elvira ob der allzu neugierig scheinenden Fragerei ein ungutes Gefühl und sie beschloss, sich bedeckt zu halten.

„Warum möchten Sie das denn wissen, wir brauchen einfach nur ein bisschen Erholung, meine Freundin hat eine schwere Zeit hinter sich."

„Na, i hob ghört, es soll joa Leit' gem, die sich net drum schern, ob der Bappa von den Kleinen des woass, wo seine Familli grad is...",

Elvira wurde bei diesen Worten zuerst blutrot und dann käsebleich im Gesicht. Ihre Hände begannen zu zittern und quasi wie um sich zu beruhigen, legte sie sie zurück aufs Lenkrad. Das konnte doch nicht wahr sein! Hatte Thomas tatsächlich die Polizei angerufen? Wieso war er darauf gekommen, dass sie hier waren und vor allem, wieso ahnte er, dass das der Brief von ihr war? Denn das konnte nur so sein, sonst hätte er es ja akzeptiert, dass er seine Familie so schnell nicht wieder sah, und nicht weiter gesucht, oder?

„Na, dann steigen's doch amoal aus, bitte. Die andern Weiberleut können's schloafen lassen."

Ohne ein Wort zu sagen, stieg Elvira mit gesenktem Kopf aus. Plötzlich überkam sie ihre Übermüdung mit aller Macht und sie schwankte ein wenig, als die Beamte sie mit zu ihrem Wagen nahmen. Dass ihre Reise so endete, hätte sie wirklich nicht gedacht. Vor allem nicht, dass man ihnen so schnell auf die Schliche kam. Sie unterdrückte ihr Gähnen, als sie sich auf die Rückbank des Polizeiautos fallen liess. Wenigstens arbeitete hier die Klimaanlage besser... was für ein Blödsinn, lieber sollte sie nachdenken, was sie antworten sollte, wenn die Beamten gleich genauer nachfragen würden. Vielleicht konnte sie noch etwas dran drehen...

Doch sie musste feststellen, dass Thomas sehr genaue Informationen weitergegeben hatte, und dummerweise erschien ihre Freundin, wenn auch noch verschlafen, gerade in dem Moment am Auto, als Elvira gefragt wurde, wer den Droh-Brief auf dem Küchentisch geschrieben hätte. Sie öffnete den Mund, um zu sagen, dass sie nichts damit zu tun hätte, jedoch zu spät...

Die Beamten eröffneten nämlich sogleich der sichtlich geschockten Mutter, dass der Vater der Mädchen keinen blassen Schimmer hatte, wo sie waren, und schlimmer noch, in dem Glauben lebte, dass die Kinder ihm quasi strafweise entzogen worden seien.

Elvira wich dem eisigen Blick ihrer Freundin erschrocken aus, als diese wortlos den Kopf schüttelte, bevor sie langsam zu ihrem Auto zurücklief. Elvira blieb erschöpft und resigniert auf der Rückbank sitzen. Alles war umsonst gewesen, der ganze Aufwand. Es hätte so schön sein können...

Wer weiss, vielleicht hätte sie Thomas nach ein paar Tagen doch angerufen, und dann wäre er vielleicht nachgekommen und alle hätten sich versöhnt und dann hätten sie wie früher zusammen Urlaub gemacht...

Von wegen, nichts war wie früher... und wenn es so weiter lief, würde es auch nie wieder so sein, denn sie glaubte kaum, dass ihr diese Aktion nicht übelgenommen wurde... aber es war doch alles nur wegen dieser Eva. Wäre sie nicht aufgetaucht, hätte das alles nicht passieren brauchen!

Elvira kniff gerade wütend ihre Augen zusammen, als der Beamte sie aus ihren Gedanken riss und ihr mehr oder weniger befahl, ins Auto zurückzugehen und ihnen zu folgen. Sie würden nun eine Eskorte zurück bis zur Grenze bekommen, wo ein deutscher Polizeiwagen auf sie warten und sie dann bis nach Hause zurückbegleiten würde. Na toll, was für ein Aufriss, als wenn sie eine Verbrecherin wäre! Das würde eine äusserst ungemütliche Fahrt werden, und das nicht nur wegen der unfreiwilligen polizeilichen Begleitung...

Thomas stand in seiner etwas verfrühten Mittagspause gerade an einem Bistro - Tischchen in der nahe der BAM gelegenen Tankstelle und verschlang hungrig eine Bockwurst, als sein Handy in seiner Hosentasche zu vibrieren begann. Er wischte sich den Senf an einer Serviette von den Fingern und fischte dann das Handy heraus. Hoffmann! Sollte es tatsächlich schon Neuigkeiten geben?

„Hallo, es gibt gute Nachrichten, Herr Feldmann!"

„Ehrlich? So schnell? Das habe ich gar nicht zu hoffen gewagt!"

„Doch, Sie haben genau richtig gelegen mit Ihrer Theorie mit der Brenner-Autobahn und der Übernachtung. Der Stau hat uns natürlich auch enorm geholfen, jedenfalls haben die Kollegen aus Österreich sie eben aus dem Verkehr noch ganz am Anfang des Passes raus gefischt! Und ihre Lieben werden jetzt, wenn auch nicht ganz freiwillig, eine nette Begleitung bis aufs heimische Polizeirevier bekommen!"

„Das ist ja... einfach nur super... ich bin grade so froh, dass ich gar nicht weiss, was ich sagen soll!"

„Das glaube ich Ihnen auf's Wort, bin schliesslich selbst Papa..." erwiderte Hoffmann. „Allerdings wird es noch eine Weile dauern, bis sie wieder hier sind, der Polizei-Hubschrauber war uns dann doch für diesen Fall ein wenig zu teuer!" witzelte Hoffmann weiter, und Thomas fiel mit einem vor lauter Erleichterung etwas wackligen Kichern ein:

„Ooooch, da bin ich jetzt aber enttäuscht von Ihnen, das hätte doch jetzt wohl schon drin sein müssen... ich esse nur noch schnell fertig, und dann komme ich wieder zur BAM, damit Sie mir berichten können! Und vielen, vielen Dank!"

„Nur kein Stress, ich laufe nicht weg..." gab Hoffmann noch lächelnd zurück, bevor er auflegte.

Das hatte ja wirklich schneller und besser geklappt, als er zu hoffen gewagt hatte. Nun ja , manchmal musste man auch mal ein wenig Glück haben, und irgendwie hatte er Feldmann nur allzu gerne geholfen, denn er hatte seine Vatergefühle genau nachvollziehen können. Hätte ihm jemand auf so infame Art und Weise seine Kinder entzogen, wäre er wahrscheinlich mindestens so aufgeregt gewesen wie Thomas!

Was allerdings diese Elvira geritten hatte, so eine Aktion durchzuziehen, wollte ihm nicht in den Kopf. Das mit den Briefen war ja eine Sache, aber das hier... Moment mal...

Hoffmann griff sich aufstöhnend an den Kopf. Ja, war er denn die ganze Zeit mit Blindheit geschlagen gewesen? Diese verdrehte Sekretärin...

Natürlich, so passte doch alles zusammen, sämtliche komischen Kleinigkeiten! Wieso hatte er das nicht gesehen? Die ganze Zeit hatte er sich mit allen möglichen Motiven von Gundlach und mit dieser nicht vorhandenen Affäre beschäftigt, und dabei bissen ihn die Indizien doch regelrecht ins Bein!

Wenn Elvira doch solch einen Hass auf Eva hatte, war es klar, dass sie ihr ein Motiv anhängen wollte, daher auch das bereitwillige Petzen ihres kleinen Ausfluges zur BAM am Mordabend und der vermeintlichen Affäre!

Und dann war der seltsame dritte Brief auch von Elvira, um Thomas und Eva noch richtig reinzureiten! Sie lenkte dann noch schnell auf Gundlach ab, weil sie so verschossen in Thomas und seine gar nicht so heile Familie war, und gemerkt hatte, dass sie ihn ziemlich in die Schusslinie brachte.

Bestimmt hatte Silvia etwas gesagt, was der Sekretärin nicht passte, und sie hatte ihr daraufhin einen kleinen Medikamenten-Cocktail gemixt, in der Hoffnung, dass sie ausser Gefecht ging und sie ihr gefahrlos einen Schlag an den Kopf versetzen konnte. Aber was konnte die ahnungslose Dozentin ausgesprochen haben, was Elvira dermassen gegen den Strich ging? Ja, an dieser Stelle haperte es...

Wie auch immer, Elvira würde er einen gebührenden Empfang bereiten, sowohl in Bezug auf ihre Entführungsaktion also auch vor allem wegen des Mordes. Immerhin war das ja immer noch der Hauptgrund, warum er hier an der BAM sein Unwesen trieb!

Thomas lehnte immer noch an seinem Tischchen und genoss das Gefühl der Erleichterung. Was für ein unendliches Glück er hatte, dass sie schnell gefunden worden waren und dass es überhaupt so einfach gewesen war!!! Bald konnte er seine Kinder gesund und munter in die Arme schliessen... und er würde sie am liebsten nie wieder loslassen! Vielleicht würde es ja auch doch nicht einen solch erbitterten Kampf um die Kinder geben, wenn der Brief auf dem Küchentisch von Elvira war, wovon er ausging, zumal er ja eigentlich sogar auch noch auf dem Weg zurück zur Familie war.

Seltsamerweise blieb bei aller überschäumenden Freude über das baldige Wiedersehen mit den Kindern auch ein leeres, farbloses Gefühl zurück. Er sollte sich doch darüber freuen, wenn die Familie in naher Zukunft wieder komplett sein würde, oder?! Zahlenmässig komplett, ja, das schon...

Aber stand er dann nicht wieder genau da, wo er war, als ihm Eva so nahe kam? Wo lief er eigentlich hin? Zurück? Oder zu einem Neuanfang mit der Familie? Gab es so etwas überhaupt, einen echten Neuanfang? Oder schleppte man nicht immer sämtliche Altlasten weiter mit sich herum und machte sich nur vor, alles Vergangene ausklammern zu können? Könnte er tatsächlich die Leere ausklammern, das Kühle? Oder Eva und die so warmen Augen-Blicke mit ihr, das Gefühl der Vollständigkeit, wenn sie in seiner Nähe war?

Frustriert schluckte er seinen letzten Bissen Wurst hinunter. Nicht mal jetzt konnte er sich ungetrübt freuen, weil Eva ihm im Kopf herumspukte, obwohl er doch sie, und alles was mit ihr zu tun hatte, komplett abschalten wollte! Seine Familie war ihm doch jetzt wieder wichtiger, oder?

Aber seine Mädchen und Eva... das wäre doch auch eine Familie... flatterte ihm zaghaft ein kleiner bunter Gedanke durchs Herz - wer sagte denn überhaupt, dass er zwischen beidem wählen müsste, wieso sollte sich das ausschliessen? War es am Ende genau ihr Fehlen in seinem Familienbild, was dieses fröstelnde farblose Gefühl verursachte? Das sollte aber bei einem Neuanfang so eigentlich nicht sein...!

Mit einer wegwerfenden Handbewegung beförderte er seine Serviette und den Pappteller in den Mülleimer. Nein, er musste diese dämliche Denkerei endlich sein lassen - und jetzt würde er erstmal zurück zur BAM schlendern, um sich in Ruhe alle Einzelheiten über das Auffinden seines Autos erzählen zu lassen!

Am nächsten Morgen lief Kommissar Hoffmann händereibend in dem kleinen Verhörraum seines Reviers auf und ab. Jeden Moment musste Elvira herein geführt werden, und er freute sich schon ein wenig hämisch darüber, sie mit ihren Taten, Fehlern und Verirrungen zu konfrontieren. Dieser Fall löste wirklich einige Emotionen in ihm aus, was ihm auch recht selten passierte, normalerweise konnte er mehr Distanz wahren, und es begeisterte ihn nicht wirklich, dass es diesmal anders war. Aber was wollte er machen, weglaufen war noch nie sein Ding gewesen, und so blieb ihm nur, es so zu akzeptieren, wie es war.

Gestern spät am Abend allerdings war es aber auch zum Steinerweichen gewesen, zu sehen, mit welchem Gesichtsausdruck Feldmann seine beiden Mädchen in die Arme schloss. Dieser Mann liebte seine Kinder aus tiefster Seele, und sie ihm vorzuenthalten, würde heissen, ihm einen Teil von sich selbst wegzunehmen. Es war offensichtlich, das man ihn mit nichts tiefer treffen könnte als damit. Elvira, und im allgemeinen vielleicht auch die Ex-Frau, mussten das sehr genau wissen, denn gezielt damit hatte die Sekretärin ihn durch den Zettel auf dem Küchentisch unter Druck gesetzt. Wirklich fies, richtig perfide! Ob ihn das aber endgültig zurückbrachte, bezweifelte Hoffmann doch sehr. Höchstens zeitweise...

Aber egal ob mit oder ohne Elvira's Aktion, es war mit Sicherheit der Gedanke daran, den Umgang mit seinen Mädchen zu verlieren, der bei Thomas diese „Rolle rückwärts" von Eva weg ausgelöst hatte, sinnierte Hoffmann, während er weiter das kleine Räumchen mit seinen Schritten durchmass.

Nun, es ging ihn ja letztlich wirklich nichts an, was Feldmann in seinem Privatleben so erwartete, aber Hoffmann konnte dennoch nicht leugnen, dass es ihn nichtsdestotrotz brennend interessierte, wie diese Geschichte ausging!

Thomas's Ex- oder Noch-Frau hatte bei der Ankunft seltsam unbeteiligt neben der Begrüssung gestanden und die Szene beobachtet. Hoffmann hatte dann Thomas in dem Moment, als er sich der Mutter seiner Kinder zuwandte, genau in Augenschein genommen und sein Mienenspiel sprach für sich.

Noch die leuchtende Wiedersehensfreude in den blauen Augen, war Thomas's strahlender Blick langsam zu einem müden, einsamen und resignierten Grau geworden. Bewusst war ihm das sicher nicht, denn sein Mund lächelte die Frau neben ihm an, als er mit beiden Kindern an den Händen entschlossen auf sie zuschritt. Armer Thomas, wo er gerade hinlief, schien nicht gerade ein Ort zu sein, der das Lächeln auch in seine Augen trug. Vielleicht lief er in die falsche Richtung... ah je, nun wurde er auf seine alten Polizeitage aber wirklich ein wenig arg philosophisch, oder?

In diesem Moment öffnete sich die Tür und Elvira wurde von Wachtmeister Pfeiffer hereingeführt.

„Guten Morgen, Frau Brockhaus! Na, das hätten Sie wohl nicht gedacht, das wir uns doch so schnell wiedersehen?" begrüsste Hoffman die verdrossen vor sich hin starrende Sekretärin scheinbar fröhlich.

188

„Morgen..." knurrte diese halblaut und sah kaum auf, als sie sich auf Hoffmann's Handbewegung hin auf einen der beiden Stühle am Tisch setzte. Der Kommissar liess sich genüsslich auf den anderen Stuhl gleiten und begann mit leiser, aber umso eindringlicherer Stimme seine Befragung.

Als Elvira gut drei Stunden später den Verhörraum erschöpft verliess, blieb ein reichlich verwirrter Kommissar Hoffmann zurück. Ganz entgegen seiner Annahme hatte Elvira keinen einzigen seiner Vorwürfe abgestritten. Im Gegenteil, sie hatte nicht nur nichts betreffs der Kinder geleugnet, sondern sogar auch fast bereitwillig Auskunft zum Thema Silvia gegeben. Mit müder und kraftloser Stimme hatte sie berichtet, wie sie Eva immer mehr zu hassen begann, wie sie ihre Briefe geöffnet hatte, den dritten geschrieben, ihn in Thomas's Schublade gelegt, all die Gerüchte um Gundlach, Thomas und Eva gestreut und sogar, dass sie Silvia etwas medikamentöses gemixt hatte.

Auch dass sie die Kinder samt Mutter zu diesem Trip überredet hatte, um Thomas noch mehr Angst vor einem Verlust seiner Kinder einzujagen und ihn von Eva wegzubekommen, erzählte sie ihm fast mit Stolz und auch ein wenig Häme, da es ja scheinbar auch funktioniert hatte!

Aber das krasse daran war, dass sie zwar zugab, Eva und Thomas bzw. Silvia jeweils damit einen unangenehmen Denkzettel verpassen zu wollen, aber vehement abstritt, der Kollegin einen Schlag verpasst zu haben. Sie war stinksauer auf Silvia gewesen, ja, so hatte sie berichtet, aber sie habe sie definitiv nicht umgebracht. Silvia sei auf den Beinen gewesen, als Elvira schlussendlich die BAM verlassen hatte. Über ihre genauen Motive für ihre Denkzettel schwieg sie sich allerdings immer noch verstockt aus, es war absolut nicht herauszubekommen, was Silvia gesagt haben könnte, das Elvira so gereizt hatte.

Irgendwie, ob er wollte oder nicht, und ob er diese so seltsame, von ihren besitzergreifenden Gefühlen verdrehte Frau nun leiden konnte oder nicht, war er geneigt ihr zu glauben. Warum, wusste er selber nicht genau... Es deutete alles auf Elvira hin, ja, und selbst wenn sie schuldig war, an ihrer Stelle hätte er den Mord auch geleugnet. Aber wer sollte es denn ausser Elvira dann sein? Thomas und Eva konnte er ausschliessen, das mit der Affäre hatte Elvira nun höchstselbst zurückgenommen und damit fehlte deren Motiv komplett. Gundlach? Na ja, der war vielleicht schon ein wenig speziell, ja, aber ein wirklich starkes Motiv hatte er auch nicht. Aufstöhnend griff sich Hoffmann in seine wohlfrisierten Haare, wonach diese aber eher Thomas's Stil angenommen hatten... Das war aber auch ein Fall zum Haare raufen... was für eine Geduldsprobe!

Eigentlich hatte er gedacht, dass er nach Elvira's Verhör den Fall gelöst und sie klar überführt haben würde... Nach wie vor hatte sie auch definitiv wirklich am meisten Mist gebaut, die stärksten negativen Emotionen und war am Mordabend nun auch laut ihren eigenen Angaben tatsächlich die letzte, die Silvia gesehen hatte. Aber was, wenn sie trotzdem den Mord nicht begangen hatte? Nun, eine Weile konnte er sie noch in der Untersuchungshaft schmoren lassen, und wer weiss, vielleicht konnte er dann doch noch etwas herausbekommen, was ihn weiterbrachte...

Am gleichen Morgen stieg Thomas saftig verspätet und mit vor Müdigkeit brennenden Augen aus dem Bus, der ihn zur BAM gebracht hatte. Aber als Leiter und erst recht nach den gestrigen Ereignissen konnte er es sich wohl herausnehmen, seine Bürozeiten ein wenig nach hinten zu verschieben...

Er liess, während er langsam über den Parkplatz schlenderte und dann ein wenig widerwillig das Gebäude betrat, noch einmal Revue passieren, wie die Ankunft der kleinen Reisegruppe gestern Nacht abgelaufen war.

Es war ein seltsames Gefühl gewesen, sein eigenes Auto vor dem Revier vorfahren zu sehen, er hatte es schon von weitem an den Lichtern erkannt. Als die hinteren Türen aufgingen und seine beiden Töchter aus ihren Kindersitzen kletterten, um ihm fröhlich lachend entgegen zu purzeln, war ihm vor Rührung und tiefer Wiedersehensfreude das Wasser in die Augen gestiegen. Diese Art Wärme konnten einem einfach nur die eigenen Kinder ins Vaterherz zaubern, lächelte er mit geschlossenen Augen vor sich hin. Er hatte abwechselnd immer wieder eine der beiden Töchter auf den Arm genommen, sich ungezählte Küsschen geben lassen und konnte von der ausgelassenen Schmuserei gar nicht genug bekommen.

Elvira hatte am Steuer gesessen und war direkt von Wachtmeister Pfeiffer persönlich in Empfang genommen worden, ohne dass man noch etwas mit ihr hätte reden können. Nicht dass er da ein gesteigertes Interesse dran gehabt hätte...

Und die Frau, mit der er verheiratet war? Diese war zuerst auf dem Beifahrersitz sitzen geblieben und musste dann irgendwann ausgestiegen sein, während er mit den Mädchen herumalberte. Jedenfalls stand sie dann ein wenig abseits, als er kurz einmal aufsah, und schien das ganze mit einer gewissen Distanz zu betrachten. Er hatte zwar noch weiter mit den Kindern herumgetobt, aber seine Gedanken gingen dabei, wie so oft in letzter Zeit, auf Wanderschaft.

Hatte sie eigentlich schon immer diesen kühlen Abstand zu ihm gewahrt? Also nicht nur räumlich, sondern emotional? Oder hatte sie doch intensivere Gefühle und war nur ausserstande sie zu zeigen? Vielleicht konnte sie auch generell einfach nicht so viel empfinden wie andere? Oder nur für ihn nicht? Er hatte an diesem Punkt seine Gedankengänge unterbrochen und sie kurz begrüsst. Dann war er unter Kommissar Hoffmanns teilnehmenden Blicken mit den dreien ins Auto gestiegen und nach Hause gefahren.

Mittlerweile war Thomas in seinem Büro angelangt und hatte seinen PC eingeschaltet. Während dieser hochfuhr, spann er nun den Gedanken von gestern Abend weiter... Allmählich entwickelte er sich wirklich zu einem Meister-Grübler...

Was in seinem Herzen von ihr ankam, war jedenfalls so etwas wie ruhige Distanz und eine Art bestimmende oder fordernde Erwartungshaltung gewesen. Sie hatten in all den Jahren zwar miteinander ihre Familie aufgebaut, und er war auch mächtig stolz darauf. Sie war wirklich eine wunderbare Mutter, er bewunderte oft, mit welcher Ruhe und Gelassenheit sie mit den zwei quirligen süssen Quälgeistern umging... Sie gab der Familie damit ein Art

„Wir-Gefühl", eine Stabilität, die man wohl selten fand und er fühlte sich zumindest damit auch ganz gewiss nicht unwohl.

Aber hatten sie sich, so sicher und bequem eingebettet in ihrem Familienalltag, in ihrer zuverlässigen Gewohnheit und dem erfolgreichen Berufsleben je richtig berührt? Waren sie einander je wirklich begegnet - und zwar so begegnet, dass diese faszinierende Mischung von Wärme, Anziehung und gleichzeitig verstehender, annehmender Kameradschaft, denn so definierte er nun mal Liebe, überhaupt entstehen konnte?

Diese Frage stand mit mit einer glasklaren Deutlichkeit vor ihm, wie er sie so noch nie an sich herangelassen hatte. Und wenn er an das wohl bekannte graue einsame Gefühl dachte, dass ihn beschlich, wenn er an seine Ehe dachte, musste er sich die Frage genauso deutlich mit einem Nein beantworten. Er liess seinen Kopf tief bedrückt hängen, denn dieses klare Nein bedeutete ein solch krasses Scheitern und Verlorengeben einer Sache, die einen grossen Teil seines bisherigen Lebens ausgemacht hatte.

Schon einmal hatte er versucht, sich dieser Bankrotterklärung zu stellen, an dem Tag, als er von Silvias Tod erfahren hatte... Er hatte die bisher „nur" empfundene Distanz real werden lassen, hatte sogar einen ersten grossen Schritt aus der Leere heraus gemacht. Und dann? Dann waren so viele Fragen, so viele Ungereimtheiten auf ihn eingestürmt! All die klaren, intensiven und leidenschaftlichen Gefühle für Eva hatten sich plötzlich wieder verwirrt, und Zweifel an sich selbst oder vielmehr seiner

Entscheidung und vor allem die Angst, das seine Kinder nicht mehr bei ihm sein könnten, hatten ihn überflutet wie ein Tsunami. Und dieser hatte die tiefe, leuchtende Wärme, die mit Eva's Augen in sein Herz geströmt war und seine eigene Herzenswärme für sie in seine Augen getragen hatte, zur Seite gespült. Nur zur Seite, wie er sich erschöpft eingestehen musste, auslöschen konnte das Leuchten wohl keiner mehr.

Aber was half es, er hatte sich an einen Punkt manövriert, an dem seine Seele nur noch müde stehen bleiben und kapitulieren konnte. Gelaufen war er wirklich genug, vorwärts und vor allem zurück... den ganzen Weg, fort von der Wärme aus den blauen herzlichen Augen von Eva, fort von der tiefen Berührung mit ihr. Sie hatten eine offene Tür gehabt, und hatten schon im Rahmen gestanden, doch er selbst hatte sich wieder umgedreht und sie allzu heftig zugeknallt.

Nun, vielleicht konnte man sie irgendwann wieder öffnen, solche Türen mussten ja nicht für immer zu bleiben... aber für den Moment hatte er sich so unendlich müde gelaufen, für den Moment konnte er einfach nichts mehr denken und wollte auch nichts mehr fühlen.

Ausser für seine zwei kleinen Mädchen... und mit diesem Gedanken begannen sich die Wolken in seiner Seele wieder zu lichten. Ja, vielleicht sollte er sich ab jetzt einfach mal nur auf die beiden Sonnenscheine und seine Arbeit konzentrieren und die anderen Themen für die nächste Zeit ruhen lassen... vielleicht entwickelte sich dann alles wie von selbst zu seinem besten...

Mit einem entschlossenen und fast zuversichtlichem Lächeln erhob er seinen Kopf, griff nach der PC-Maus und begann, seine Mails abzurufen.

Kommissar Hoffmann hatte sich nach dem Verhör mit Elvira mehr oder weniger frustriert in sein Büro begeben, wo sich die Akten durch seine häufige Abwesenheit schon bedenklich aufgetürmt hatten. Ein Papiertiger war er wirklich nicht...

Nun, er wollte das soeben Gehörte erstmal sacken lassen, bevor er sich entschied, wie er weiter vorgehen sollte. Er tendierte ja schon dazu, den Fall als vorerst ungelöst zu den Akten zu legen, obwohl es ihn furchtbar wurmte, dass er die Lösung nicht finden konnte. Er hatte doch so deutlich das Gefühl gehabt, dass er kurz davor war, alles aufzulösen, aber das hatte sich ja nun als Trugschluss erwiesen.

Vielleicht sollte er alle Beteiligten - oder Verdächtigen, je nach dem, wie man es nahm... - nun einfach noch ein letztes Mal befragen, und dann das ganze beenden, falls nichts aufschlussreiches mehr dabei herauskam, wovon er eigentlich desillusioniert ausging.

Hm, und als besonderes „Zuckerle" könnte er ja eine Art Sammelbefragung veranstalten, alle in einem Raum zusammen... Es könnte schon recht interessant werden, wie die Leute so aufeinander reagierten. Und Elvira nahm er natürlich auch mit. Die Nerven aller waren ja ziemlich gereizt und angespannt...ja, damit könnte er bestimmt noch mal ein paar Informationen heraus kitzeln.

Kurz entschlossen griff er zum Telefon und rief zuerst Feldmann und Gundlach an und zum Schluss Eva. Pfeiffer schickte er zu Frau Brockhaus, um sie über den „Freigang" zu informieren. Bald würde er sie sowieso entlassen müssen, denn wenn er keine stärkeren Beweismittel fand, rechtfertigten ihre bekannten Vergehen keine Untersuchungshaft mehr.

Ein wenig schmunzelnd hatte er den Termin für den nächsten Tag um 12 Uhr angesetzt, was eigentlich keinen tieferen Sinn besass als den, dass er ein leidenschaftlicher Fan von „High Noon" war. So hatte er seinen „grossen Showdown" schön pathetisch für „zwölf Uhr mittags" festgemacht, sozusagen ein würdiger filmreifer Abgang für diesen abstrusen Fall.

Ausserdem mussten die Leute dann noch einen Tag „schmoren" und sich mit all ihren Gedanken und Fragen auseinandersetzen... „weichkochen" nannte er das immer!

Besonders Eva und Thomas hatten sehr zurückhaltend auf seine Idee reagiert, das hatte ihn ein wenig gewundert, denn sie waren ja vor ein paar Tagen im Café ziemlich engagiert gewesen, was den Fall betraf. Hatte er sich da am Ende doch einwickeln lassen und die beiden waren nicht die Unschuldslämmchen, für die er sie am Ende gehalten hatte? Das wäre fatal! Oder es hatte mit dem Fall mal wieder nichts zu tun und es war zwischen den beiden etwas vorgefallen, was Hoffmann nicht mitbekommen hatte, und sie wollten nur einander nicht begegnen... Wie auch immer, es würde in jedem Fall ein interessantes Zusammentreffen werden... ja ja, die kleinen Freuden des Kommissar Hoffmann, grinste er in sich hinein, während er sich aufseufzend seinen Aktengebirgen zu widmen begann.

Eva hatte das Telefon wieder in die Ladestation zurückgestellt und dachte noch einmal über den Anruf von Kommissar Hoffmann nach. Als Hoffmann ihr seine Aufforderung zum Gespräch mitgeteilt hatte, konnte sie ein beklommenes Gefühl nicht unterdrücken.

Sie hatte es in letzter Zeit komplett vermieden, sich auch nur in die Nähe der BAM zu begeben. Einerseits ärgerte sie sich ein wenig darüber, denn nur weil Thomas fernab jeglicher Realität wandelte, musste sie sich ja nicht den Umgang mit ihren Kollegen und den Dozenten dort verderben lassen. Sollte er halt seine Augen zu machen, wenn sie sich dort aufhielt... sein Problem, wenn ihn das so aus der Bahn warf...

Andererseits wollte sie auch nicht unnötig Öl ins Feuer giessen und lieber etwas Gras über die Sache wachsen lassen, und wer weiss, vielleicht entwickelte sich dann alles wie von selbst nach und nach zum Guten, wie auch immer das gehen und aussehen sollte... komisch, seit sie diesen seltsamen Brief erhalten hatte, war sie nicht nur wie befreit, sondern zur unerschütterlichen Optimistin geworden, sie freute sich auf ihr Leben, auf ihre Zukunft, auf Liebe und Glücklichsein... Dass sie das konnte... erstaunlich, zu was die menschliche Seele so fähig ist.

Am nächsten Tag stand sie vor ihrem Kleiderschrank und wühlte zerstreut in ihren Kleidungsstücken. Sie konnte nicht leugnen, dass es sie nach wie vor ziemlich interessierte, ob Thomas seine Augen nicht von ihr lassen konnte. Er sollte ruhig deutlich sehen, was er verpasste...

Ihr kurzer Jeans-Rock und ein figurbetontes dunkelblaues Shirt, was auch noch ihre Augenfarbe betonte, ja, das wäre nicht schlecht... Sei nicht so eitel, ermahnte sie sich selbst, freute sich dann aber doch über die Erscheinung, die sie im Spiegel fröhlich angrinste.

Nun noch ein Paar schwarze Schuhe mit hohem Absatz an die Füsse, und dann musste sie sich auch schon auf den Weg machen, wenn sie pünktlich zum Termin an der BAM ankommen wollte. Jetzt wurde sie allmählich doch ein wenig nervös, Hoffmann hatte so ernst und entschlossen geklungen. Was hatte er bloss in petto? Und wie würde Thomas reagieren auf sie? Noch so eine harte Anschuldigung von seiner Seite würde nämlich selbst ihr unerschütterlicher Optimismus nicht verkraften!

Und das Grinsen von Elvira mochte sie sich gar nicht erst vorstellen, die musste ja jetzt mächtig Oberwasser haben, bestimmt wusste sie von Thomas's hartem Brief, oder nicht? Wie auch immer, jetzt hiess es aber ein wenig Gas zu geben, sonst würde sie sich doch noch verspäten...

Thomas stand spät am gleichen Vormittag in seinem Büro vor dem Bücherregal und suchte nach einem speziellen Fachbuch, dass er für einen seiner Seminar-Vorträge konsultieren wollte.

Heute wollte Hoffmann nochmals mit ihm sprechen, und mit den anderen Beteiligten auch, wie er ihm mitgeteilt hatte. Das hiess dann wohl, dass Eva heute auch hier sein würde... wie es wohl sein würde, sie nach all dem wieder zu sehen? Thomas strich sich ein wenig unruhig durch seine dunklen Haare.

Ja, und Elvira brachte Hoffmann auch mit. Er war sich noch nicht im klaren, wie er mit den beiden umgehen sollte und wollte. Lieber hätte er es vermieden, sich damit jetzt schon auseinandersetzen zu müssen, aber wenn Hoffmann das so anordnete, musste er sich ja fügen. Und wenn dieser Fall endlich mal weiter aufgeklärt würde, wäre er bestimmt nicht böse. Also Augen zu und durch...

Er warf einen Blick auf seine Armbanduhr. Kurz vor zwölf, da konnten die Herrschaften jeden Moment eintreffen...

Thomas vertagte die Suche nach seinem Buch und begab sich in Richtung Küche, um sich eine weitere Tasse frischen, heissen Kaffee zu gönnen. An der Kaffeemaschine traf er auf Hartmut, der gerade dem gleichen Bedürfnis nachgegeben hatte und leicht abwesend in seiner Tasse rührte.

„Tja, da stehen wir mal wieder in der Küche..." begann Thomas, während er sich den dampfenden Kaffee bedächtig in die Tasse goss.

„Weisst du, was das mit Hoffmann zu bedeuten hat, gibt es etwas Neues?" entgegnete Gundlach vorsichtig. Seit der seltsamen Sache mit der Bushaltestelle hatte er sich vor Thomas's Nähe gedrückt und er traute ihm auch jetzt nicht so richtig über den Weg. Schliesslich war er sich nicht sicher, wen er da vor sich hatte, nur seinen Chef... oder doch einen abgebrühten Verbrecher?

„Na ja, Neues gibt es schon, besonders Elvira hat einiges angestellt, aber das hat nur bedingt mit dem Fall zu tun. Das erzähle ich dir lieber mal in einer stillen Stunde. Was der gute Hoffmann sonst noch so für Scherze auf Lager hat, weiss ich nicht, aber das wird er uns todsicher gleich erklären."

„Echt, Elvira? Denke, die ist krank?" erwiderte Gundlach verblüfft.

„Nicht wirklich, oder jedenfalls nicht so, wie du denkst..." gab Thomas ein wenig rätselhaft zurück und wandte sich zur Tür. Mit ihren Tassen in der Hand schlenderten beide nacheinander hinaus ins Foyer. Draussen vor der Fensterfront konnte man gerade im Sonnenschein die Gestalten von Hoffmann und Pfeiffer sowie Elvira im Schlepptau vorbei marschieren sehen.

„Na, dann mal auf in den Kampf..." murmelten Thomas und Hartmut wie aus einem Munde bei diesem Anblick, und verschwörerisch wie in alten Kollegentagen grinsten sie sich an...

Thomas war schon in sein Büro zurückgegangen, als Hoffmann an seiner Tür erschien, um ihn direkt zum Gespräch zu bitten. Thomas sah ihn überrascht an, als der Kommissar ihm erklärte, dass er die Leute nicht einzeln

nacheinander befragen würde, sondern dass es ein ge-
meinsames Gespräch mit allen im Seminar-Raum geben
würde. Wie ungewöhnlich!

„Ja, ich komme sofort, ich möchte nur noch mal
schnell meine Mails checken und etwas abspeichern!"

„Kein Stress, Herr Feldmann, Frau Stark ist auch
noch nicht da, und ohne sie fangen wir sowieso nicht
an."

Hoffmann wandte sich wieder zur Tür und summte dabei
leise die bekannte Melodie aus „High Noon" vor sich
hin. Da spielte er jetzt also ein bisschen Gary Cooper,
aber im Gegensatz zum Film wusste man hier leider
nicht, oder noch nicht, wer „der Böse" war...

Wenige Minuten später verliess Thomas sein Büro in
Richtung Seminar-Raum genau in dem Moment, als Eva
ein wenig zögernd, und, wie es schien mit einem leisen
Seufzer das Foyer der BAM betreten hatte. Er wollte es
eigentlich vermeiden, aber er sah sie doch direkt an. Er
hatte schon von Anfang an ihre Art sich anzuziehen gemocht, es wirkte auf ihn einerseits wie „zufällig mal 'ne
Jeans übergeworfen", andererseits gleichzeitig auch sehr
anziehend und doch nicht so übertrieben wie bei manch
anderen.

Thomas's Blick fiel unwillkürlich auf ihre Figur, und er
kam nicht umhin festzustellen, dass sie noch schmaler
geworden war. Es wurde ihm ein wenig flau zumute,
denn es war wohl nicht allzu weit hergeholt, wenn sein
Gewissen ihm da einen Zusammenhang mit seinen harten Worten herstellte. Er schluckte und atmete tief durch.
In diesem Moment sah sie auch auf und bemerkte ihn.

Ihr Gesicht färbte sich merklich dunkler, sie verlangsamte kurz ihren Schritt und blieb dann an der Türe zum Seminar-, oder nun vielmehr Verhör-Raum, stehen.

Er sah zu ihren Augen hinunter, die zunächst noch mit einem wehmütigen Ausdruck zur Seite gerichtet waren, dann aber doch langsam den Blick in seine Augen hinauf wagten. So ähnlich hatten sie schon einmal einander gegenüber gestanden, dachte sie, und doch so anders. Oder nicht?

Als sich ihre Augen jetzt trafen, zuckten beide zuerst erschrocken zurück ob des sichtbaren tiefen Schmerzes, den sie darin lasen, jedoch auch nicht ohne den Funken von Verständnis und Bedauern darin zu erkennen. Ihrer beider Lippen kräuselten sich zu einem zaghaften Lächeln, der sich wie das Aufglimmen eines Kerzenflämmchens ausnahm, das eigentlich schon ausgelöscht schien.

Thomas wollte gerade die Klinke ergreifen, als Hoffmann im gleichen Moment von innen die Tür öffnete und sie mit einem betont munteren „Hereinspaziert" zu ihren Plätzen lotste.

Elvira sass zusammengekauert auf ihrem Stuhl - die Untersuchungshaft hatte sichtlich ihre Spuren hinterlassen - und das Zusammentreffen mit Thomas und auch Gundlach lag ihr schwer im Magen. Viel Verständnis für ihre Aktionen, soweit sie allen schon bekannt geworden waren, hatte sie nicht zu erwarten - das war ihr nach und nach klar geworden, als sie die Wände stundenlang in ihrer Zelle angestarrt hatte. Auf diesen kahlen Wänden waren ihr ihre Aktionen quasi wie auf einer Leinwand vor Augen getreten, und als sie nun in dem vertrauten Raum in der BAM sass, erschrak sie fast ein wenig darüber, wie sich alles entwickelt hatte und es erschien ihr allmählich gar nicht mehr so logisch, was sie getan hatte. Vielleicht war sie wirklich zu weit gegangen...

Niemand hatte sie wirklich begrüsst, Thomas hatte sie nur kurz und kalt angesehen und sich demonstrativ Gundlach zugewandt. Dieser hatte ihr zwar ganz kurz zugenickt, aber es auch ohne nachzufragen hingenommen, dass sie nun augenscheinlich die Hauptverdächtige war. Am längsten und offensten hatte ausgerechnet Eva sie angesehen, und seltsamerweise hatte in deren Blick auch kein Hass oder Wut gelegen, obwohl sie gerade ihr, mal abgesehen von Thomas, wirklich übel mitgespielt hatte.

„Frau Brockhaus?" Elvira schreckte hoch, sie hatte gar nicht mitbekommen, dass Hoffmann zu reden angefangen hatte.

„Ja?" reagierte sie mit belegter Stimme, die kaum mehr war als ein Flüstern.

„Ich möchte Sie alle nun um Ihre ungeteilte Aufmerksamkeit bitten!" begann Hoffmann seinen kalkulierten Auftritt, und räusperte sich noch einmal laut und vernehmlich.

„Wie Sie ja alle wissen, geht es hier natürlich um die Aufklärung um den mysteriösen Tod von Silvia Rieger, Ihrer Kollegin bzw. ehemaligen Dozentin. Ich habe Sie mehrfach befragt, was Sie mir dazu sagen können. Einigen Dingen möchte ich nun noch genauer nachgehen, und zwar indem ich Sie vor den anderen beteiligten damit konfrontiere. Möglicherweise wird damit einiges an die Oberfläche geholt, was sonst nicht auftauchen würde, weil Sie sich ja alle immer schön gegenseitig in dies Schusslinie geschoben haben."

Betreten schaute die kleine Runde unter sich auf die kahlen Tische vor ihnen, von diesem Vorwurf konnten sie sich alle nicht so ganz freisprechen.

„Herr Gundlach hat mir, vermutlich unabsichtlich, mitgeteilt, dass unsere gute Frau Brockhaus ein Fläschchen Abführtropfen in ihrer Tasche hatte – genau die Sorte Tropfen, die man in Frau Rieger's Blut gefunden hat!..."

„Was? Du? Du hast in meinen Sachen gewühlt! Wie kommst du dazu? Du weisst doch gar nicht, was ich damit... Du bist ein ganz mieser Verleumder!" fuhr Elvira auf, sie sass jetzt ganz aufrecht auf ihrem Stuhl.

„Ich habe nicht gewühlt!" verteidigte sich Hartmut aufgebracht, ich habe nur aus Versehen deine Tasche gestreift und da ist alles herausgefallen! Ausserdem, so wie du über alle hergezogen hast... Wer weiss, bestimmt hast du mich auch richtig schlecht gemacht beim Kommissar!" Dieser nickte bestätigend bei Gundlach's Worten, was diesem nicht entging und er schnaubte empört.

„Nicht schlechter als du bist... gib's wenigstens hier mal doch zu, du konntest Silvia doch noch nie wirklich leiden!" gab Elvira zurück, allmählich fand sie einen Teil ihrer Selbstsicherheit wieder. Sie leugnete gar nicht erst, dass sie mit Hoffmann über Gundlach gesprochen hatte.

„Ach ja? Und was ist mit dir? Du musst doch über andere den Stab nicht brechen, so wie du zum Beispiel auf die arme Frau Stark reagierst, kann man doch auch nicht gerade behaupten, dass du sie gut leiden kannst! Im Gegenteil, du würdest sie doch am liebsten zum Teufel wünschen!" ereiferte sich Hartmut, und so langsam färbte sich sein Gesicht immer mehr rot, so sehr reizte ihn die anmassende Art seiner Kollegin.

Thomas und Eva sassen wie zwei Zuschauer im Theater an ihren Tischen und lauschten aufmerksam dem Wortgefecht der beiden, Eva blickte ein wenig überrascht auf bei Gundlach's letzten Worten. Und Pfeiffer und Hoffmann sahen sich verständnisinnig an und liessen dem Gespräch freie Bahn, das wie ein Selbstläufer in die gewünschte Richtung zu laufen schien.

„Und ausserdem bist du für eine Sekretärin verdammt..."

„Was bin ich? Sprich dich ruhig aus!" Elvira spie ihre Worte geradezu aus dem Mund, sie war jetzt fast panisch und schaute fast flehentlich von Hoffmann zu Thomas und von da wieder zu Gundlach.

In diesem Moment öffnete sich langsam die Tür des Raumes und eine weibliche Stimme warf in die Runde:

„Was ist das denn hier für 'ne seltsame Versammlung? Und wieso ist eigentlich im Sekretariat keiner? Ich würde nämlich gern mal meine ganzen Krankmeldungen los werden!"

Alle Köpfe drehten sich synchron in die Richtung, aus der diese Worte kamen, und sämtliche Augenpaare starrten die Frau im Türrahmen wie ein Gespenst aus der Unterwelt an.

„Ich hätte mich ja eigentlich schon gefreut, wenn mich mal jemand von euch im Krankenhaus oder wenigstens jetzt in der Reha besucht hätte...!"

„W-w-was? D-das kann doch gar nicht..."

Thomas sprang so rasch auf, dass sein Stuhl dabei mit einem lauten Knall nach hinten auf seine Lehne fiel. Eva erhob sich schnell, um ihn wieder aufzuheben, und stiess sich dabei erstmal schmerzlich an der Tischkante, denn sie hatte ihre Augen wie alle anderen nicht von der Szene an der Tür nehmen können. Das konnte doch nicht sein, was war das für ein makabres Spiel?

Silvia???

Silvia war doch tot, oder? Aber wer war die Frau dort drüben dann? Sie trug ein grosses Pflaster am Hinterkopf, und sah schmal und abgekämpft aus. Aber ihr breites Grinsen, das momentan auch mit einem grossen Fragezeichen versehen war, sowie ihre tiefe rauchige Stimme waren unverkennbar. Es war offensichtlich und unwiderlegbar Silvia Rieger!

„Klärt mich denn hier mal jemand auf? Ich bin doch kein Gespenst oder eine wandelnde Leiche!" Silvia liess sich mit diesen Worten auf den nächstbesten freien Platz nieder und sah fragend von einem zum andern, die sich alle mehr oder weniger geistreich und vor allem vollkommen verständnislos ansahen.

Thomas hatte sich wieder in seinen Stuhl fallen lassen, während Hoffmann und Pfeiffer ein wenig abseits und mit absolut verdutzten Mienen an der Wand lehnten und das ganze Schauspiel mehr oder weniger hilflos verfolgten.

„Na ja, also irgendwie bist du das für uns schon..." räusperte sich Thomas mit belegter Stimme.

„Hä? Ihr habt doch nicht tatsächlich gedacht, ich bin tot, oder?"

„Doch, genau das haben wir! Und nicht nur das, du bist nicht nur für tot ins Krankenhaus gebracht worden, sondern es läuft sogar eine polizeiliche Untersuchung, um deine Ermordung aufzuklären! Deswegen sitzen wir gerade alle hier!"

„Das ist jetzt nicht dein Ernst!" prustete Silvia, sie hatte sich vor lauter Überraschung verschluckt und musste jetzt heftig husten.

„Darf ich mich vorstellen, ich bin Kommissar Hoffmann, und das ist Wachtmeister Pfeiffer!" schaltete sich nun Hoffmann ein. „Ich muss ehrlich gestehen, dass mich Ihr Erscheinen nicht nur ein wenig aus der Fassung bringt..!"

„Auch wenn ich zwar nicht im geringsten verstehe, was hier vor sich geht, will ich nicht leugnen, dass ich dem ganzen eine amüsante Komponente abgewinnen kann. Immerhin war ich noch nie eine Leiche... Es freut mich jedenfalls, Sie kennen zu lernen!" gab die immer noch ein wenig krächzende Silvia mit belustigt funkelnden Augen zurück.

„Dann werde ich mal versuchen, Sie ein wenig über die Umstände ihres „Todes" zu informieren, Frau Rieger, wenn Sie nichts dagegen haben!"

„Ich bitte darum!"

„Aber zuerst klären Sie mich doch bitte noch auf, wieso Sie so spurlos verschwunden waren. Ich habe Ihre Leiche verzweifelt gesucht!"

„Leiche... das ist echt schräg..." murmelte Silvia, und sprach dann lauter weiter: „Nun, so genau kann ich das auch nicht nachvollziehen, ich weiss nur, dass ich an dem Tag, wo ich aufgewacht bin, mit einem Krankenwagen in eine Spezial-Klinik für Kopfverletzungen gebracht wurde. Und dass es wohl ein Riesenchaos mit meinen Papieren gegeben hat, bzw. auch vieles an Papieren fehlte. Das würde zumindest auch erklären, warum Sie meinen Weg nicht nachvollziehen konnten, zumal Sie ja nach einer Toten suchten und nicht wussten, dass ich bloss für tot eingeliefert wurde. Dass es überhaupt so schlimm war, hat man mir selbst aber auch nicht wirklich erklärt... typisch für diese Weisskittel...!"
Noch immer starrten alle bei diesen Worten die quasi vor ihren Augen wieder erstandene Silvia an, und die Erleichterung über diesen Anblick hatte sich wie eine erfrischende Kühle über all die erhitzten Gemüter gelegt - auch wenn noch niemand wirklich begreifen konnte, was eigentlich passiert oder eben auch nicht passiert war.

„Herr Gundlach, vielleicht sollten einfach Sie mal mit dem Morgen beginnen, als sie die Türe hier unverschlossen vorfanden..." richtete Hoffmann das Wort an Hartmut.
Dieser musste sich erst räuspern, und setzte zweimal tief durchatmend an, bevor wirklich seine Worte fand.

„Ja, also, ich kam an dem besagten Morgen in die BAM und wunderte mich, dass die Eingangstüre unverschlossen war. Als ich schon fast an den Sesseln vorbei war, sah ich deine Gestalt am Boden liegen. Du hattest eine Blutlache unter dem Kopf, und du warst auch schon ganz kalt..."

Hartmut zog wie fröstelnd seine Schultern hoch, als ihm die Erinnerung an jene Entdeckung wieder vor Augen stand. Silvia nickte aufmerksam, und sie bestätigte das Gesagte:

„Ja, man hat mir gesagt, ich hätte sehr stark aus der Kopfwunde geblutet...", sie griff unwillkürlich nach ihrem grossen Pflaster, „und ich sei auch stark unterkühlt gewesen. Erinnern kann ich mich aber nur noch an den Abend vorher. Ich bin wohl ganze zwei Tage später erst wieder zu mir gekommen, und über diese Zeit weiss ich rein gar nichts. Wie ein Filmriss quasi, nur ohne Drinks... Wobei... apropos Drink..." Silvia suchte Elvira's Blick, aber diese wagte es nicht, ihr in die Augen zu sehen.

„Mit den Brausetabletten, die du mir gegeben hast, sind meine Kopfschmerzen nicht wirklich besser geworden..."

„Das war jetzt aber schön doppelsinnig, wenn man so Ihr Pflaster betrachtet..." entfuhr es Eva halblaut mit einem mühsam unterdrückten Kichern, und Silvia drehte sich mit ihrem breiten Grinsen zu ihr hin:

„Jaaaa jaaa, Frau Stark, immer noch die gleichen trockenen Sprüche wie damals im Unterricht..." und Thomas warf noch süffisant hinterher:

"Wie war das mit den Risiken und Nebenwirkungen doch gleich?" während sich seine Augen in einem unbedachten Moment mit einem verschwörerisch glitzernden

Ausdruck mit Evas lachenden Augen trafen. Schnell wurde er wieder ernst, als ihm das Bizarre an diesem Augen-Blick bewusst wurde. Sie hatten sich beide einfach wie früher verhalten, als wenn all das Schmerzliche und Verletzende nie passiert wäre...

„Silvia, wir haben dich unterbrochen, jetzt erzähl bitte weiter!" fuhr Thomas fort.

„Tja, wo war ich... Nein, Elvira, also deine Tabletten müssen irgendwie abgelaufen gewesen sein. Jedenfalls haben sie nicht nur nicht gewirkt, sondern auch gruselig geschmeckt. Und noch schlimmer, als du dann weg warst, hat es nicht lange gedauert, also, hmmm... da hab ich ein unbezähmbares inneres Rühren in meinem Magen gespürt! Das letzte, woran ich mich erinnern kann, ist, dass ich so schnell ich konnte, zur Toilette laufen wollte und ziemlich rasant über mein ganzes Gepäck gestolpert bin...! Vermutlich habe ich mir dabei dann so dermassen meinen Schädel demoliert..."

„Frau Brockhaus, möchten Sie dazu etwas sagen?" fragte Hoffmann mit einem ernsten Blick auf die Sekretärin. Wenn sie jetzt zu dem stand, was sie getan hatte, konnten die anderen vielleicht einen Funken Respekt für sie behalten...

Elvira schaute einige Sekunden unter sich, dann sog sie scharf die Luft ein und sah dann zum ersten Mal, seit Silvia den Raum betreten hatte, dieser direkt in die Augen.

„Silvia... es tut mir so leid... die Brausetabletten waren schon in Ordnung. Aber was ich gemacht habe, war es nicht. Ich hab' dir Abführtropfen reingemixt..."

Eva, Thomas, Gundlach und die beiden Beamten schauten allesamt aufmerksam und ob Elvira's Bekenntnis mit einem winzigen Funken aufkeimender Achtung auf die Sprecherin.

„Abführtropfen? Was soll das? Ich hab doch keine Verdauungs... Moment mal, du hast das extra gemacht?"

„Ja, hab' ich. Ich war so sauer auf dich, und all das drumherum... ich wollte dir quasi einen kleinen Denkzettel verpassen. Aber ich wollte doch nicht, dass du dich so sehr verletzt. Bitte, das musst du mir glauben... die ganze Zeit dachte ich, ich bin vielleicht mit schuld daran, dass du gestorben bist. Es war so furchtbar alles... und deswegen wollte ich den Verdacht auch immer von mir auf die anderen ablenken..."

„Aber warum denn nur? Was hab' ich dir denn getan? Dass du schon länger schräg drauf warst, habe ich ja gemerkt, aber ich dachte, du bist einfach gestresst..." Silvia verstummte betroffen, und Hoffmann kratzte sich angespannt in seinem Bart, jetzt wurde es interessant...
Ironischerweise tauchte erst jetzt, wo der Mord keiner mehr war, endlich das langgesuchte Motiv von Elvira's Wut auf Silvia auf... all ihre anderen eifersüchtigen Gedankengänge waren vorher schon mehr oder minder offenbar geworden, aber das bezog sich ja auf Eva...

„Silvia, du hast so auf dem hohen Ross gesessen, wegen den Briefen von Frau Stark an Thomas. Weil ich die aufgemacht habe."

„Aber das wissen wir doch sowieso längst... immer schon." warf Hartmut ein.

„Ja, schon... Aber ich hatte tierische Angst davor, dass Thomas sich komplett auf Eva's Seite stellt und sich dann doch auf sie einlässt, wenn er erfährt, dass ich..." Elvira's Worte wurden immer leiser und verstummten schliesslich ganz, je näher sie ihrem Bekenntnis kam.

„Dass du was...?" bohrte Gundlach ungeduldig nach.

„Dass ich die Briefe trotzdem geöffnet habe, obwohl sie ganz klar als persönlich - vertraulich gekennzeichnet waren!!! Das hätte ich doch eigentlich nicht gedurft... wegen dem Briefgeheimnis und so... und wenn Thomas das alles als erster und einziger gelesen hätte, dann wäre vielleicht alles ganz anders verlaufen zwischen Eva und ihm, das weiss ich. Das wollte ich aber verhindern.
Und wenn er das gewusst hätte, dass ich so indiskret war, dann wäre ich bei ihm unten durch gewesen und Eva die Tolle und meinen Job als Sekretärin hätte ich vielleicht auch noch verloren wegen meiner Indiskretion..."
Elvira's Worte wurden immer leiser, und während sie ihre damaligen Gedanken in Sätze fasste, liefen ihr langsam einige einsame Tränen die Wangen herab. Die anderen schauten sie einfach nur schweigsam und fassungslos an, und schüttelten mit dem Kopf angesichts Silvia's winzigem und vollkommen harmlos gemeintem Satz zu Elvira, der solch weitreichende Auswirkungen für sie alle im Gefolge gehabt hatte.
Thomas ergriff als erster wieder das Wort, beherrscht und bedächtig richtete er seine ersten Worte an Elvira, seit sie von ihrer „Reise" zurück war.

214

„Ich weiss es aber, Elvira. Auch ohne dass Silvia mit mir geredet hat. Eva hat es mir erzählt, im Glauben, dass ich es sowieso wüsste. Ich habe ja gemerkt, dass du dich immer eigenartiger verhältst, aber dass das alles so groteske Züge annimmt und du all diese Dinge mit den ganzen Briefen, dem Zettel auf dem Küchentisch und der Reise nur tust, nur damit Eva und ich nicht... wie ich in Zukunft mit dir umgehen werde, kann ich im Moment nicht sagen, aber ohne Folgen kann es nicht bleiben. Das weisst du selbst."

Elvira sah Thomas mit weit geöffneten Augen an.

„Du wusstest es schon? Seit wann das denn?"

„Seit dem Abend, an dem du plötzlich „krank" geworden bist. Und du hättest es dir alles sparen können, damals wie heute, denn im Vergleich zu dem, was du mit deinem Verhalten an Verletzungen und Chaos bei uns allen bewirkt hast, ist das Wissen um die Sache mit den persönlich-vertraulichen Briefen in meinen Augen ziemlich unbedeutend - auch wenn ich es natürlich nicht gut heissen kann. Aber die Dinge, die damals passiert sind, wären mit diesem Wissen doch auch nicht mehr rückgängig zu machen gewesen."

Elvira lehnte sich mit einem gequälten Stöhnen in ihrem Stuhl zurück. Alles war umsonst gewesen? All ihre Angst vor Silvia's vermeintlich gefährlichem Wissen, vor Thomas's möglicher Reaktion darauf? All ihre Wut auf Eva, all ihre Manöver, all ihre Verdächtigungen - alles wurde hier vor aller Augen preisgegeben und waren doch letztlich im Nichts versandet? Ob dieser Sinnlosigkeit

schloss Elvira ihre Augen, während ihre Tränen nun un-
gehindert ihr Make-up durchspülten.

"Es tut mir leid. So leid..." flüsterte sie in das angespannte Schweigen im Raum hinein. Jeder sah betreten
vom einen zum anderen, in der Hoffnung, dass jemand
irgendwie den Bann brach. Was sollte man hier aber
auch noch sagen...

Silvia sah reihum alle Personen im Raum an, zuerst
Hoffmann und Pfeiffer, und nickte ihnen leicht zu. Dann
schaute sie Gundlach und Elvira lange, und letztere mit
einer Mischung aus Enttäuschung und Mitgefühl an. Zuletzt weilten ihre Blicke auf Eva und Thomas, und während sie die beiden so musterte, wurde ihr Blick immer
weicher. Dann stand sie ruckartig auf, wie um damit die
seltsame Stimmung im Raum abzustreifen, und sagte
laut:

„Also Leute, ich weiss nicht wie es euch geht, aber
ich brauch' jetzt dringend frische Luft und mindestens
drei Zigaretten. Kommt ihr mit? Das ist doch in Ordnung, Herr Hoffmann, oder?"

Der Angesprochene nickte nur zustimmend und nestelte
selber an seiner Jackentasche, wo er seine Zigaretten immer aufbewahrte. Vielleicht war es ja nicht der richtige
Augenblick dafür, und im Grunde jetzt auch nicht mehr
relevant, aber ein bisschen stolz war Hoffmann schon,
dass er letztlich doch mit seinen Intuitionen recht gehabt
hatte, die ihm im Laufe der Ermittlungen durch den Kopf
gegangen waren. Alles hing letztlich mit dieser Liebesgeschichte zwischen Thomas und Eva zusammen, wenn

sich auch am Ende der Mord überraschenderweise als nicht existent erwiesen hatte...

Wie aus einem dieser seltsamen, tief eindrücklichen und erschreckend realen Träume erwachend erhoben sich alle etwas zögernd und lenkten langsam ihre Schritte aus dem Raum, zum Haupteingang mit der grossen Doppeltüre hin und damit irgendwie auch in die Gegenwart zurück.

Thomas und Eva waren als letzte aufgestanden und betraten das Foyer der BAM und dann den Flur nach draussen etwas später als die anderen.

Sie blieben gleichzeitig nah nebeneinander stehen und sahen sich direkt und ohne dem Blick auszuweichen lange in die Augen. Dann griff Thomas nach der Türe, zog sie weit auf und Eva's Arm streifte ganz leicht seinen Fleece-Pulli, als sie dicht vor ihm durch die weit geöffnete Türe schritt. Sie hielt inne, um für Thomas die zweite Türe auf zu halten, und er wandte ihr mit einem weiteren tiefen Blick sein Gesicht zu, während sie beide nacheinander mit einem ganz kleinen leuchtenden Lächeln durch die Türe traten.

Dann standen sie auch schon beide draussen auf dem grossen Parkplatz in der warmen Sonne und wandten sich nach vorne, zu den anderen hin, um in das leise vertraute Lachen, das dort zu hören war, einzustimmen.